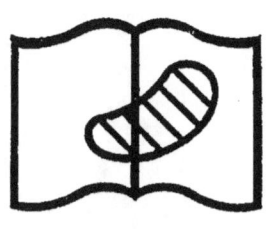

ILLISIBILITE PARTIELLE

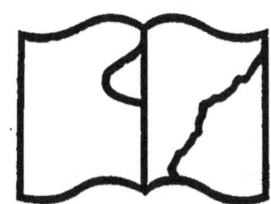

TEXTE DETERIORE
RELIURE DEFECTUEUSE

NF Z 43-120

"VALABLE POUR TOUT OU PARTIE DU DOCUMENT REPRODUIT";

FRANÇOIS COPPÉE

Les

Paroles sincères

PARIS

ALPHONSE LEMERRE, ÉDITEUR

23-31, PASSAGE CHOISEUL, 23-31

M DCCC XCI

Les Paroles sincères

FRANÇOIS COPPÉE

Les
Paroles sincères

PARIS
ALPHONSE LEMERRE, EDITEUR
23-31, PASSAGE CHOISEUL, 23-31

M DCCC XCI

SONNET LIMINAIRE

Dans cent lettres d'amour, Lisette et la Marquise
Ont mis, pour un jeune homme, autrefois leur aveu.
Vieillard, il les relit, un soir, les jette au feu,
Et garde seulement la plus tendre, l'exquise.

O Poète, tu crois que la gloire est conquise.
C'est fait. Il est enfin déniché, l'Oiseau bleu !
Mais combien de tes vers te survivront ? Bien peu.
Le Temps, critique dur, n'en fera qu'à sa guise.

Qu'importe! Un livre encor sort de ton encrier.
Ayant fait de ton mieux, comme un brave ouvrier,
Écris « Bon à tirer » sur la dernière épreuve;

Et, sans plus de souci de la Postérité,
Sens-toi le cœur joyeux et fier d'avoir planté
Le bouquet des maçons sur une maison neuve.

LE COUP DE TAMPON

A mon cher guérisseur et ami le docteur Constantin Paul

Depuis plus de quinze ans, le nommé Marc Lefort
Est mécanicien sur la ligne du Nord.
Naguère bon sujet, adroit, exact, honnête,
Il fut toujours noté pourtant « mauvaise tête » ;
Car il se nourrissait d'un journal rouge-sang,
Qu'il supposait de très bonne foi, l'innocent !
Mais, l'an dernier, voilà — c'est l'éternelle histoire --
Qu'il devient veuf, s'ennuie, et qu'il se met à boire.

Ah! pas de sermon! L'homme, à ce rude métier,
Ne se contente pas de son demi-setier.
Je voudrais vous y voir! Vivre sur sa machine,
Le visage à la flamme et le froid dans l'échine;
Se faire, par des temps de chien, la nuit, l'hiver,
Secouer les boyaux sur le plancher de fer :
A la longue, cela vous donne une coquine
De soif!... On boit son litre au lieu de sa chopine;
Puis, comme l'ouvrier n'a que de mauvais vin,
Il en arrive à l'eau-de-vie, et c'est la fin.
Te voilà pour toujours ivrogne, mon bonhomme!

Donc, Marc Lefort buvait. Mais il était, en somme,
Un de ces gaillards tels qu'on n'en voit pas beaucoup.
Même, lorsque, la veille, il avait bu son coup,
Il arrivait toujours d'aplomb pour le service.
On eût fermé les yeux volontiers sur son vice,
Pas si grave, après tout, et dont le peuple rit;
Mais ses chefs le tenaient pour un mauvais esprit.
« La Compagnie? Encore une sale boutique! »
Disait-il. On savait qu'il parlait politique,

Suivait les clubs, lisait les feuilles, pérorait.
Bref, si l'on n'avait pas gardé quelque intérêt
Pour son passé, sans doute on l'eût mis à la porte.

Tout le malheur, c'était que sa femme fût morte.
Pauvre diable! Jadis, lorsque Marc, s'enflammant,
Rêvait la « Sociale » et le chambardement,
Sa Zoé lui disait gaîment, un peu bourrue :

« Faudra toujours quelqu'un pour balayer la rue;
Et ce ne sera pas Rothschild, va, sois-en sûr! »

Et lui, calmé, frottant une allumette au mur,
Répondait en riant :

          « Çà, c'est vrai, la bourgeoise. »

Mais, lorsqu'il vécut seul et qu'il eut son ardoise
Au cabaret, le veuf s'aigrit. C'était fatal.
Le voilà maudissant l'infâme capital
Et contre les patrons répandant l'invective.
Oui! pendant qu'il trimait sur sa locomotive,

Ils ronflaient, les gavés, dans des coupés bien chauds ;
Et cætera... Parlant dans un club d'*anarchos*,
Il s'y fit applaudir et devint populaire
Par ses discours chauffés d'ivresse et de colère.
Enfin, sur un placard insurrectionnel,
Il mit son nom.

        Un gros bonnet du « personnel »
Le manda sur-le-champ, — un vieux casse-noisette,
Poivre et sel, regardant ses ongles, la rosette
Au revers de l'habit, l'air pincé, très correct.

« Lefort, depuis longtemps, vous nous êtes suspect,
Lui dit-il ; vous avez lassé notre indulgence.
Vous buvez.
          — Mais...
               — Suffit ! Ayez donc l'obligeance
De lire ce papier, et dites oui ou non...
Vous avez signé ça, vraiment ?
                    — Oui, de mon nom,
Dit Marc qui redressa la tête.

— C'est stupide,
Mon cher. Tant pis pour vous... Vous menez le rapide
De Calais, cette nuit, pour la dernière fois.
Au retour, vous n'aurez qu'à toucher votre mois.
Vous êtes révoqué... Bonsoir! »
                          Pour une douche,
C'en était une. Avec un juron dans la bouche,
Marc fit claquer la porte et partit furieux.

Il faisait beau. La rue avait un air joyeux.
D'une école sortait une bande de gosses.
Les charrettes à bras et leurs humbles négoces
De verdure et de fruits parfumaient le trottoir;
Et des couples, parmi la poudre d'or du soir,
Passaient, heureux, chacun auprès de sa chacune.

Marc Lefort, remâchant sa bile et sa rancune,
Errait, les poings serrés d'un geste machinal.

Renvoyé! Pour son nom signé dans ce journal!
Pour ses opinions, mis à pied sans réplique!

Ça, c'était un peu fort. Voilà leur République
De vendus, où le peuple est traité comme un chien!...
Alors on ne pouvait plus être un citoyen,
Parler tout haut, avoir son avis et le dire?
Meurs de faim, ou tais-toi! C'est pis que sous l'Empire.
Trop heureux de ne pas attraper de prison.
Ah! misère! Avec leur chimie, ils ont raison,
Les Russes. Si l'on veut renverser la marmite
Des bourgeois, il faudra prendre la dynamite
Et les faire sauter, dût-on sauter avec!...

Puis, dans un café borgne, ayant la gorge à sec,
Marc s'établit et but, coup sur coup, trois absinthes.

..... Cependant, quelque chose est juste au fond des plaintes
Et des yeux menaçants du pâle faubourien.
Riches, songez au peuple, il fait tout et n'a rien;
— Oui, tout, pour vos besoins, votre luxe et vos vices! —
O privilégiés, faites des sacrifices;
Il en est temps, grand temps! Mettez, puissants du jour,
Dans vos lois un peu plus de douceur et d'amour.

Rendez aux malheureux la haine moins facile.
Prenez-y garde! Il est trop de gens sans asile;
Il est trop, beaucoup trop, de filles de seize ans
Qui rôdent, en frôlant du coude les passants;
Trop d'enfants vagabonds, l'œil terne et le teint jaune;
Trop de vieux artisans condamnés à l'aumône,
Après trente ans et plus d'enclume ou d'établi.
Sybarite, ton lit de roses fait un pli,
Et tu geins. Que d'errants sans un toit pour y vivre!
Comme c'est cher, le pain à quatre sous la livre!
Réponds, gourmand, toi qui t'es plaint qu'on ne pouvait
Trouver, l'autre décembre, un melon chez Chevet!
Vraiment, je vous le dis, jouisseurs, prenez garde!
L'édifice des lois caduques se lézarde.
Héritier d'un parent plus ou moins éloigné,
Dis-moi, ce sac plein d'or, tu ne l'as pas gagné:
Si nous parlions un peu des droits du légataire?...
O Pompéiens, mettez l'oreille contre terre:
Comme elle est chaude, et quels grondements de courroux!
Des jets empoisonnés s'échappent par les trous.
Le vieux sol social, de moissons trop avare,

Est brûlant sous vos pieds comme une solfatare.
Ne vous endormez pas dans les profonds coussins.
L'éruption menace, et les temps sont prochains.

Le rapide partait à dix heures cinquante.

Ivre, mais marchant droit, l'allure provocante,
Marc arrive à la gare. Une dernière fois,
Il va donc les conduire encore, les bourgeois,
Les gens du train de luxe, enfin ceux qu'il déteste.
Il rejoint sa machine, y monte d'un pied leste
Auprès de son chauffeur enfournant le charbon,
Dit, comme à l'ordinaire : « Ouvrons l'œil, et le bon! »
Met son gros paletot, sa casquette fourrée,
Et s'installe, l'œil clair, la main bien assurée
Pour le sifflet d'alarme et le régulateur.
On a bu, mais on est quand même « à la hauteur »,
Pas vrai? Ça le connaît, l'express; et pas de risques
Qu'il confonde jamais les signaux et les disques.
On peut voir son livret. Jamais un accident.
Les rosses de patrons l'ont chassé cependant.

Canailles!... Il les hait d'une haine mortelle.

Mais le train est formé, la machine s'attelle ;
Et Marc peut voir de loin, là-bas, faisant le beau,
Parmi les dos courbés et les coups de chapeau,
Monter dans le sleeping un ministre en voyage.
Allons ! On a fini de charger le bagage.
« En voiture ! » Un dernier voyageur en retard
Accourt, tout essoufflé, sur le quai du départ
Où l'électricité met sa froide lumière.

« Ils vont faire dodo, les richards de « première »,
— Songe, avec un mauvais regard, le forcené. —
Si le rapide était quelque peu tamponné,
Ça les réveillerait, ces messieurs de « la haute » ;
Mais, je t'en moque ! aucun danger que le train saute.
Ils sont bien trop veinards... Pourtant, si l'on voulait?... »

Mais voici qu'a vibré l'aigre coup de sifflet.
En route ! L'express noir aux ferrailles sonnantes,
Avec de grands fracas sur les plaques tournantes

Et des coups lourds, pareils à ceux d'un balancier,
S'est ému sous l'effort des deux bielles d'acier.
Très lentement d'abord, puis plus vite, plus vite,
Plus vite encore, il court, il va, se précipite,
Et, râlant et fumant, dévore le terrain.
Le rhythme s'est triplé de son galop d'airain.
Les longs trains endormis où de grands bœufs mugissent
Sont dépassés. Des murs disparaissent et glissent;
Puis un désert de rails, pleins de fanaux épars;
Un tunnel; le profil sévère des remparts;
Puis les sombres tuyaux de l'extrême banlieue.
Enfin, à travers champs, dans la nuit pure et bleue,
La machine se rue aux horizons nouveaux.
Son énorme lanterne éclaire les pavots
Poussés dans le balast, parmi la pierre brune;
Et, dans le ciel, la face humaine de la lune,
Ronde et blafarde, avec des regards singuliers,
Bondit éperdument sur les hauts peupliers.

Bien qu'en fureur et bien qu'ayant bu plus d'un verre,
Le mécanicien est tout à son affaire.

— Vieux monde sans espoir, injuste et compliqué,
C'est ainsi que tu vas; et l'homme fatigué
Remplit sa fonction d'instinct, par habitude! —
Le rapide, à travers la claire solitude,
Vertigineusement roule, galope et fuit.
Il vomit de la flamme, et l'insecte de nuit
Dans le sillage ardent vient brûler son élytre.
Marc Lefort, attentif, calme, l'œil à la vitre,
Touchant les cuivres chauds avec tranquillité,
Semble un héros vainqueur sur un monstre dompté.
Mais voici la lueur d'une gare importante;
Et Marc voit devant lui, sous la lune éclatante,
Tout un réseau confus de rails s'entre-croiser.
Place! Il n'a qu'à siffler au disque et qu'à passer.
On doit faire partout libre voie au rapide.

Mais tout à coup, il a frémi, Marc l'intrépide!
Son cœur se crispe; il sent un frisson le saisir!
Là! devant lui... Cet œil de feu qu'il voit grossir,
Grossir!... et ce tuyau qui grandit et se montre!...
Tonnerre! C'est un train qui vient à sa rencontre!...

2

Le chauffeur, dont les yeux soudain deviennent fous,
Se jette dans le vide en criant : « Sauvons-nous! »
— Et le choc aura lieu dans quatre ou cinq secondes...

Le hasard t'interroge; il faut que tu répondes,
Marc Lefort! Les patrons, les exploiteurs, — ces gueux! —
Voilà l'occasion de sauter avec eux!
Tu voulais bien, tantôt? Satisfais ton envie.
Bien plus, tu peux sans doute encor sauver ta vie.
N'es-tu pas leste? Fais comme ton compagnon.
Tu ne vas pas rester solide au poste? Non.
Discipline, devoir, honneur! C'est de la phrase.
Tu les hais, ces bourgeois. Que le train les écrase!
Mais toi, défends ta peau!... Vite!... La mort accourt!

C'est bien court, quatre ou cinq secondes, c'est bien court;
Mais pendant cet instant, — cet éclair! — la pensée
De Marc par ce désir affreux fut traversée.

Oh! quel choc! Les wagons heurtés violemment
Font entendre un sinistre et profond craquement.

Les deux machines ont une lutte effrayante;
Et, crachant la vapeur, la flamme et l'eau bouillante,
Par leurs flancs où rugit un monstrueux travail,
Les deux dragons de fer se mordent au poitrail.

Comme toujours, dans ces terribles aventures,
Les voyageurs se sont jetés hors des voitures
Et courent en poussant des hurlements d'effroi.
Mais la gare est très proche et se met en émoi.
Par ici!... Du secours!... Enfin, de la lumière!...
Chacun se calme un peu de sa frayeur première.
On s'empresse aux wagons! Ah! fort heureusement,
Plus de peur que de mal! Deux blessés seulement.
Aucun mort. Si, pourtant. Un seul, — c'est pitoyable! —
Le mécanicien de l'express, pauvre diable,
Qu'on trouve, brûlé vif, horrible, agonisant,
Sur les débris de sa machine, dans son sang!
Comme a fait son chauffeur, il pouvait fuir en lâche.
Non! martyr du devoir, victime de sa tâche,
Jusqu'au dernier moment, — sûr de mourir, sans peur, —
Il a serré le frein, arrêté la vapeur;

Et sans lui, l'accident serait cent fois plus grave.

Certes, autour du mort, on dit : « C'était un brave! »
Mais elle est brève, hélas! la pitié des heureux.
Vite, on jette un manteau sur ce cadavre affreux
Dont l'aspect épouvante et dégoûte les dames.
Et nul ne peut savoir que le pire des drames
S'est passé dans cet homme avant qu'il expirât,
Que ce héros fut près d'agir en scélérat,
Qu'un instinct généreux triompha de sa haine,
Que son âme vainquit en lui la bête humaine,
Et qu'entre deux partis à prendre ayant le choix,
Marc, l'anarchiste, est mort pour sauver les bourgeois!

SEPT BALLADES DE BONNE FOI

A Gabriel Vicaire

———

I

BALLADE DU POÈTE INDÉPENDANT

RIEN n'est meilleur que d'agir à sa guise,
Et le vrai sage est Horace à Tibur.
Ne craignez pas qu'en snob je me déguise;
Je fuis le monde et ne compte que sur
Les tout petits plaisirs dont je suis sûr.
Dans ma pensée, un rêve de féerie,
Du tabac frais, beaucoup de flânerie,

Cela sera toujours dans mes moyens.
Je ne veux rien de plus, je vous en prie.
L'indépendance est le premier des biens.

Toujours tremblant pour sa place conquise,
L'ambitieux fait un métier très dur.
Avec un bruit de couteau qu'on aiguise,
Il entend bien, dans un recoin obscur,
Se remuer son successeur futur.
L'homme d'argent aussi, je le parie,
N'a de bonheur que pour la galerie.
Pauvre Rothschild, quels ennuis sont les tiens !
Ah ! laissez-moi cueillir l'heure fleurie.
L'indépendance est le premier des biens.

Vous supposez que mon désir, marquise,
Marque pour vous vingt degrés Réaumur,
Et que, dompté par votre grâce exquise,
Pour l'esclavage amoureux je suis mûr ;
Mais n'allez pas me mettre au pied du mur.
Imperméable à la coquetterie,

J'ai quelque part ma très humble chérie,
A qui je dis : « Prends ton ombrelle, et viens!»
Et nous courons tous deux dans la prairie.
L'indépendance est le premier des biens.

ENVOI

Princes, je suis pour vous sans flatterie.
La République, en mon chemin, me crie :
« Je suis ouverte. Entre! » Non, citoyens,
Je veux aimer librement ma patrie.
L'indépendance est le premier des biens.

II

BALLADE EN L'HONNEUR DES BLÉS

Quel ciel pur! Je ferme mon livre.
Allons voir les blés, ma Suzon!
La forte chaleur nous enivre.
Baise-moi; car, dans ce buisson,
Tous les nids nous font la leçon.
Dans ce champ dont l'épi nous frôle,
Aimons-nous loin de tout soupçon.
Les blés sont à hauteur d'épaule.

Les beaux blés! L'œil se plaît à suivre
Leur onduleux et vert frisson.
Ils deviendront couleur de cuivre,
Grâce au soleil, ce bon garçon.
Juin resplendit. L'aigre chanson
Des fauvettes d'eau sous le saule
Se mêle au trille du pinson.
Les blés sont à hauteur d'épaule.

Les pauvres auront de quoi vivre.
Quelle récolte à l'horizon!
C'est le pain à trois sous la livre!
Et, lors de la dure saison,
Pas de famine à la maison.
Quels épis! L'oiselet y piaule;
Le bleuet y pousse à foison.
Les blés sont à hauteur d'épaule.

ENVOI

Voici bienfaits de ta façon,
Cher vieux pays, fertile Gaule !
Tenons-nous prêts pour la moisson.
Les blés sont à hauteur d'épaule.

III

BALLADE DU VIEIL HOMME

SANS POSTÉRITÉ

QUAND un enfant, tête blonde et jolie,
Me tend le front, à moi presque vieillard,
Parfois je rêve avec mélancolie
D'une famille. Hélas! il est trop tard,
Et je n'ai pas de fils, même bâtard.
Mais en songeant que l'homme, sur la terre,
Dans la douleur s'en va vers le mystère,
J'étouffe en moi ces regrets décevants.
Il vaut mieux vivre et souffrir solitaire.
Je suis heureux de n'avoir pas d'enfants.

La fin du siècle est de tristesse emplie.
La tour Eiffel est le comble de l'art.
Qu'à l'avenir le faible s'humilie!
Le lion seul a désormais sa part.
Pour loi, la lutte, et pour Dieu, le hasard :
Tout au plus fort, tout au plus volontaire!
Les cœurs naïfs que la justice altère
Seront broyés sous des pieds d'éléphants.
O legs des Droits de l'Homme et de Voltaire!
Je suis heureux de n'avoir pas d'enfants.

On arme en France, en Prusse, en Italie.
Il va sonner, le clairon du départ.
Je te maudis, guerre, absurde folie!
Oh! sous la lune, en ce charnier blafard,
Qu'ils font pitié, ces morts au blanc regard!
Pourquoi pleurer, aïeul? Il faut te taire,
Sèche tes yeux, montre du caractère
Et vois passer les drapeaux triomphants.
Tu perds trois fils. C'est la loi militaire.
Je suis heureux de n'avoir pas d'enfants.

ENVOI

Malthus, l'époux et le célibataire,
N'ont que trop bien suivi ta règle austère ;
Et moi, qui prends de l'âge et me défends
De m'embarquer trop souvent pour Cythère,
Je suis heureux de n'avoir pas d'enfants.

IV

BALLADE POUR LES CLOCHERS

DE FRANCE

CHRÉTIEN de cœur, sinon de foi,
Que la raison maussade éclaire,
Je ne peux plus — hélas ! pourquoi ? —
Aller à la messe et m'y plaire.
Mais, comme moi, le populaire
En vain semble se détacher
De sa croyance séculaire :
Le Français tient à son clocher.

On proscrit Dieu de par la loi;
Les curés privés de salaire
Sont condamnés sans nul pourvoi;
Le progrès toujours s'accélère
Du dogme laïque et scolaire.
Mais au peuple on a beau prêcher
L'impiété par circulaire :
Le Français tient à son clocher.

Priant pour tous, priant pour moi
Le ciel qui doit être en colère,
L'angelus nous verse l'émoi,
Quand, parmi l'or crépusculaire,
Vibre la cloche lente et claire.
L'hirondelle, pour s'y nicher,
Aime l'ogive tutélaire :
Le Français tient à son clocher.

ENVOI

Vous qui menez notre galère
Et la faites si mal marcher,
Allez tous vous faire lanlaire!
Le Français tient à son clocher.

V

BALLADE DE LA BONNE HABITUDE

J'AI trop rimé. Je devrais clore
Ma porte à cet instinct pervers.
Plus une rime que j'ignore!
Que de feuillets et de revers
Furent par moi d'encre couverts!
J'aurais droit à la lassitude.
Mais non. Je fais toujours des vers
Pour n'en pas perdre l'habitude.

3.

Poésie, ô grelot sonore,
Pour toi, que d'ennuis j'ai soufferts!
Car la foule à peine t'honore.
Nos livres, rarement ouverts,
Seront bientôt mangés des vers.
Qu'importe! Dans ma solitude,
Je me mets la tête à l'envers,
Pour n'en pas perdre l'habitude.

Puis, la blonde enfant que j'adore,
Malgré mon front chargé d'hivers,
Aux mois fleuris, veut bien encore
Avec moi courir à travers
Le bois où sifflent les piverts;
Et je lui dis ma gratitude
En rhythmes légers et divers,
Pour n'en pas perdre l'habitude.

ENVOI

Muse au front ceint de lauriers verts,
Loin de la vile multitude,
Chantons l'admirable univers
Pour n'en pas perdre l'habitude.

VI

BALLADE EN FAVEUR DES RATÉS

Tristes vaincus, à l'œil terne, au teint rance,
Anciens chanteurs ayant perdu la voix,
On n'a pour vous pitié ni déférence.
Mais je prétends vous venger — je le dois —
Des coups de pied de l'âne et du bourgeois.
Car le destin fut vraiment trop sévère
Et d'amertume a rempli votre verre.
Artistes fous et poètes crottés,
Je saluerai votre navrant calvaire.
Soyons cléments pour les pauvres ratés.

Tous, ils voulaient saisir une espérance ;
Mais le serpent leur glissa dans les doigts.
Jeunes et forts, pleins d'audace et d'outrance,
Ils aimaient l'art, ils s'écriaient : « J'y crois ! »
Puis sont tombés, écrasés sous son poids.
Leur bref avril donna sa primevère.
Peut-être, éclos dans une autre atmosphère,
Auraient-ils eu de très féconds étés ?
Tel sot fleurit, parce qu'il persévère.
Soyons cléments pour les pauvres ratés.

Blessés de l'art, je plains votre souffrance.
Soldats partis pour la gloire autrefois,
Votre bâton de maréchal de France
Ne fut, hélas ! qu'une jambe de bois ;
Et, sur vos cœurs, ni médailles ni croix.
Mais à beaucoup d'heureux je vous préfère ;
Car vous rêviez, dès la première affaire,
De fiers drapeaux sur la brèche plantés,
Et vous avez combattu sans forfaire.
Soyons cléments pour les pauvres ratés.

ENVOI

Maîtres fameux, artistes qu'on révère,
Sous le laurier que la foule confère,
Songez-vous pas parfois, tout attristés,
Aux embryons étouffés dans l'ovaire ?
Soyons cléments pour les pauvres ratés.

VII

BALLADE EN L'HONNEUR

DE LA RIVE GAUCHE

Le Paris chic est sur la rive droite.
Dieu! que d'hôtels loués pour de longs baux!
Mais ces splendeurs n'ont rien que je convoite,
Car j'y vois trop de gens qui font les beaux,
Trop de boursiers, de juifs et de cabots.
Je le sais bien, c'est là qu'on fait fortune.
Pourtant ce luxe effréné m'importune;
Et ma raison, pour lui tenir rigueur,
N'a pas le sens commun, mais c'en est une :
La Rive Gauche est du côté du cœur.

C'est la province avec sa vie étroite.
On dort, la nuit. Ni cercles, ni tripots.
Le bouquineur y fouille dans la boîte;
Mainte fenêtre a des roses en pots.
O vieille France! ô coins de tout repos!
Allez donc voir, par un beau clair de lune,
Quai Malaquais ou bien quai de Béthune,
Couler la Seine où siffle un remorqueur...
Mais cela vaut Venise et sa lagune!
La Rive Gauche est du côté du cœur.

Loin du théâtre à l'atmosphère moite,
Des omnibus traînés par trois chevaux
Et des jobards qu'à la Bourse on exploite,
On trouve encore ici quelques cerveaux
Sur de vieux airs rimant des vers nouveaux.
Pour ces naïfs, de politique, aucune;
Et, fichtre! c'est une heureuse lacune.
On rêve en paix, loin du Paris blagueur,
Et l'on y vit, chacun pour sa chacune.
La Rive Gauche est du côté du cœur.

ENVOI

On vous trompa, disgrâce assez commune.
Passez les ponts, cher Prince, sans rancune.
Ici l'amour fidèle est en vigueur.
Ma blonde y loge; ayez-y votre brune.
La Rive Gauche est du côté du cœur.

UNE MAUVAISE SOIRÉE

A Siméon Luce.

Un soir de mai, trouvant que vivre est un ennui,
Sûr du spleen de demain par le spleen d'aujourd'hui,
J'allais, le front courbé, les yeux fixés en terre,
Sur le calme trottoir d'un faubourg solitaire,
Sans voir s'ouvrir au ciel les étoiles en fleur,
Quand soudain un placard de sanglante couleur,
Auquel un bec de gaz jetait son rayon triste,

Au passage m'apprit qu'un club socialiste
Se tenait, le soir même, à vingt pas seulement;
Et j'entrai là, conduit par mon désœuvrement.

Le dégoût m'arrêta sur le seuil de la porte,
Tant je fus suffoqué par l'odeur fauve et forte.

Dans la salle, un hangar au toit fumeux et bas,
— Quelque bastringue abject de filles à soldats,
Ayant encore au mur le tarif de la danse, —
S'entassait une pauvre et sordide assistance.
C'étaient les meurt-de-faim et les désespérés.
Ils étaient assis là, coude à coude, serrés,
— Comme ils seront un jour dans la fosse commune, —
Rongeant leur brûle-gueule et leur vieille rancune;
Et l'on ne remarquait d'abord que tous ces dos
De travailleurs, voûtés par le poids des fardeaux.

Mais, aü fond du hangar enfumé, le gaz brille.
Tout là-bas, sur l'estrade, où, les soirs de quadrille,
Le dur piston se mêle aux violons grinceurs,

Siègent le président et les deux assesseurs,
Lui très chauve, eux barbus et de farouche mine,
Trois têtes de tribuns ouvriers que domine
L'énorme Marianne en plâtre, aux blancs regards,
Triomphante parmi les rouges étendards.
A côté d'eux parlant, d'une voix lente et grasse,
L'orateur est debout près d'une contrebasse.

Que disait-il ?

       Avec son accent faubourien,
Il disait que les uns ont tout, les autres rien,
Qu'on n'en a pas fini de l'antique esclavage,
Que c'est à regretter presque l'état sauvage,
Où le chef, le premier aux guerres comme aux jeux,
Est du moins le plus fort et le plus courageux.
Il montrait, dans sa simple et cruelle logique,
Le peuple condamné par un destin tragique,
Les inégalités debout comme autrefois,
La dureté des mœurs plus fortes que les lois,
Le richard ayant chaud près du pauvre qui gèle,

4.

Et l'injustice à tous les degrés de l'échelle.
Il dénonçait, fermant son poing de révolté
Et scandant quelquefois son discours irrité
Du profond geignement de la bête qui souffre,
L'éternelle misère élargissant son gouffre,
Le tribut, qu'elle paie et voit toujours grossir,
De la chair à canon, de la chair à plaisir,
L'engrenage d'acier qui dévore et qui tue
Ceux que l'on fait soldats, celles qu'on prostitue,
Tout effort écrasé par le lourd capital,
La vie horrible avec la mort à l'hôpital,
Enfin l'affreux tableau de la détresse humaine
Grossie au microscope effrayant de la haine.
Il disait, remontant le cours des temps passés,
Les anciens appétits que n'a point apaisés
La politique avec son infâme cuisine,
Les révolutions, montagnes en gésine,
Accouchant d'un tyran militaire ou bourgeois...
Allait-on se fâcher pour de bon, cette fois,
Et demander son tour, et redresser l'échine?
Un coup de dynamite à la vieille machine!

On peut vaincre à présent, — on en a les moyens! —
Tout briser, tout détruire... Aux armes, citoyens!...

Et, comme les bravos éclataient en tonnerre,
Je vis passer, dans mon esprit visionnaire,
Déguenillés, hurlants, sur des tas de pavés,
Des hommes aux cheveux épars, aux poings levés,
Qui portaient, en roulant leurs yeux d'épileptiques,
Des têtes et des cœurs tout sanglants sur des piques.

L'orateur s'apaisait. Il voyait maintenant
Le triomphe du peuple au lointain rayonnant,
Et, perdant tout à coup sa féroce éloquence,
Tombait dans la bêtise et dans l'extravagance.
Son rêve était inepte et vague encore plus.
A peine ai-je gardé le souvenir confus
D'un phalanstère énorme et que l'ennui consterne,
Presque un pénitencier et presque une caserne,
Où votaient constamment les citoyens égaux.
Comme en prison, chacun sa part de haricots;
Toute la nation mangeait à la gamelle.

Le mâle choisissait librement sa femelle.
Les machines avaient supprimé tout labeur;
Les champs se cultivaient tout seuls, à la vapeur.
Puis un ordre écrasant, dont nul couvent n'approche :
Repas, sommeil, amour, tout au son de la cloche.
Que sais-je ? L'idéal enfin qu'imaginait
Ce furieux, soudain redevenu benêt,
C'était de ployer tout, cités, hameaux, campagne,
Hommes, femmes, enfants, sous le niveau du bagne.

Mais je n'écoutais plus ce dément qu'à moitié,
Et je sortis, levant l'épaule de pitié.

Oh! l'admirable nuit dans la clarté stellaire!
Le Chariot, guidé par l'Étoile Polaire,
Flamboyait dans le ciel d'un azur ravissant;
Le Chemin de Saint-Jacque était éblouissant,
Et, comme un fleuve ayant des diamants pour ondes,
Laissait couler à flots sa poussière de mondes.

J'avais fait deux cents pas encor dans le faubourg,

Quand jusqu'à moi parvint, d'abord confus et sourd,
Mais bientôt plus distinct, un suave cantique.
Une petite église ouvrait là son portique.
On y chantait le Mois de Marie; et, ce chœur
De fraîches voix d'enfants m'attendrissant le cœur,
Dans la profonde paix de cette nuit si belle,
Pieux pour un instant, j'entrai dans la chapelle.

Tout m'y charma : l'encens au parfum vague et pur,
La fuite des piliers dans l'édifice obscur
Où brillait seul l'autel tout radieux de cierges,
L'orgue, dans l'unisson des enfants et des vierges,
Laissant rêveusement son soupir se noyer;
Tout, jusqu'à la fraîcheur de l'eau du bénitier,
Où je trempai l'index par ancienne habitude.

Oui, mais je trouvais là presque la solitude.
Je vis, en m'avançant sous l'un des bas-côtés,
L'église aux trois quarts vide et ses bancs désertés.
Des figures cherchant l'ombre, à peine vivantes,
Quelques femmes en deuil, de rustiques servantes,

Les fillettes des Sœurs en bonnets de linon :
C'était tout l'auditoire ; — et point d'hommes, sinon
De pauvres vieux tournant entre leurs doigts de cire
Le chapelet des gens qui ne savent pas lire.
Tout à coup dans la chaire un vieux prêtre apparut
Et prêcha. Son sermon était simple et tout brut :
Le ton d'un paysan et l'ardeur d'un apôtre.
Que disait-il ?...

       Hélas ! à peu près comme l'autre,
Il disait rudement que le siècle est mauvais,
Que nos efforts sont nuls, nos travaux imparfaits,
Que l'homme voit toujours s'écrouler ce qu'il fonde,
Que le mal et l'erreur sont puissants en ce monde,
Que nos rares espoirs sont aussitôt flétris,
Qu'ici-bas nous vivons, ainsi que des proscrits,
Dans les soucis, dans les douleurs, dans les alarmes...
Et pourquoi cet exil de chagrins et de larmes ?
Pour l'antique péché de parents inconnus.
Mais la mort délivrait ? Non pas. Aux seuls élus
Le prêtre promettait, la figure éblouie,

Un lointain paradis dont le nom seul ennuie.
Quant aux autres, le Dieu d'amour et de bonté,
Pour une faute unique à jamais irrité,
Leur gardait, sans pitié des faiblesses humaines,
L'inique et monstrueuse éternité des peines,
On ne sait quel absurbe et ridicule enfer.
Mais, en se soumettant à cette loi de fer,
Pour se présenter pur à la fin de la route,
Suffit-il de prier, de se soustraire au doute,
D'accomplir saintement les devoirs du chrétien,
D'aimer autrui, de dire et de faire le bien,
Et d'imiter Jésus comme un humble disciple?
Il faut croire en un Dieu tout ensemble un et triple,
Au corps de Jésus-Christ dans le pain s'enfermant,
Aux morts ressuscités du dernier jugement,
Au fils né sans péché d'une vierge sans tache;
Et la raison, ainsi qu'une chèvre à l'attache
Et qui ne peut brouter dans le pré défendu,
Est à jamais captive; — et qui doute est perdu.

Je l'entendis longtemps parler d'une voix dure,

Mêlant son dogme trouble à la morale pure,
Et, dans son rêve noir et respirant l'effroi,
Jetant les mots d'amour, d'espérance et de foi,
Pareil à l'orateur qui, sous le drapeau rouge,
Parlait aux malheureux réunis dans le bouge
De progrès, de bonheur et de fraternité.

Je sortis de l'église encor plus attristé.

Les astres scintillaient, la nuit était sublime;
Et, levant mes regards anxieux vers l'abîme
Où, lançant jusqu'à moi leurs sereines clartés,
Vibraient les milliards de mondes habités,
Je me sentis étreint par une horrible angoisse.
Hélas! hélas! au club comme dans la paroisse,
Venaient de m'apparaître, en ces quelques moments,
L'instinct et l'idéal dans leurs égarements,
Et le vieux désespoir de la pensée humaine.
Où donc est la loi vraie? Où donc la foi certaine?
Qu'espérer? Que penser? Que croire? La raison
Se heurte et se meurtrit aux murs de sa prison.

Besoin inassouvi de notre âme impuissante,
Du monde où nous vivons la justice est absente.
Pas de milieu pour l'homme : esclave ou révolté.
Tout ce qu'on prend d'abord pour une vérité
Est comme ces beaux fruits des bords de la Mer Morte,
Qui, lorsqu'un voyageur à sa bouche les porte,
Sont pleins de cendre noire et n'ont qu'un goût amer.
L'esprit est un vaisseau, le doute est une mer,
Mer sans borne et sans fond où se perdent les sondes...

Et, devant le grand ciel nocturne où tous ces mondes
Étaient fixés, pareils aux clous d'argent d'un dais,
J'étais triste jusqu'à la mort, et demandais
Au Sphinx silencieux, à l'Isis sous ses voiles,
S'il en était ainsi dans toutes les étoiles.

POUR NE PAS VIEILLIR

Sais-tu que voilà dix ans, ma sincère,
Que nous nous aimons si fort et si bien ?
Et c'est, pour ma route, un poids nécessaire,
Ton bras confiant posé sur le mien.

Le charme profond par qui tu m'attires,
Pour jamais, ma douce, a su me fixer,
Depuis le moment où nos deux sourires
Se sont confondus en un seul baiser.

Je m'offrais alors pour que tu me prisses ;
Mais cela pouvait ne durer qu'un jour.
L'aveugle désir sème les caprices ;
A peine un sur cent fleurit en amour.

Nous les connaissions, les adieux vulgaires,
Comme il s'en fait tant sur le grand chemin.
Le mot : « Pour toujours », je n'y croyais guères ;
Tu songeais : « Cela va finir demain. »

Mais nos cœurs, brisés en mainte aventure,
Furent recueillis morceau par morceau.
Notre amour fragile, et qui pourtant dure,
Est fait de débris comme un nid d'oiseau.

Sur lui nous veillons tous deux, ma jolie !
Mais, les jours brumeux, je me dis à part,
Avec un soupir de mélancolie,
Que tout ce bonheur est venu bien tard.

Je vieillis, hélas! je descends la rampe,
Et la lassitude alourdit mes pas.
Regarde : L'hiver a mis sur ma tempe
Son premier flocon qui ne fondra pas.

Et toi, dont le cœur dans les yeux se montre,
Tu n'es déjà plus l'enfant d'autrefois ;
Et, depuis le jour de notre rencontre,
Dix ans sont passés. Compte sur tes doigts.

Mais, quand un amour est tel que le nôtre,
Qu'importe, après tout, qu'on se fasse vieux !
Nous pouvons rester jeunes l'un pour l'autre,
En nous aimant plus, en nous aimant mieux.

Vois ces deux époux dont la tête tremble,
Assis côte à côte, heureux sans parler.
A force de vivre à toute heure ensemble,
Vois, ils ont fini par se ressembler.

5.

Descendons comme eux la pente insensible,
Laissons naître et fuir les brèves saisons.
En ne nous quittant que le moins possible,
Nous ne verrons pas que nous vieillissons.

C'est la récompense; on peut la prédire.
Les amants constants gardent, et très tard,
Sur leur lèvre pâle un jeune sourire,
Dans leurs yeux fanés un jeune regard.

Au fond du foyer, braise encor vivante,
Toujours la tendresse en eux brûle un peu.
L'habitude, honnête et bonne servante,
Ne laisse jamais s'éteindre le feu.

Leurs derniers printemps ont pour hirondelles
Les souvenirs chers de l'ancien bonheur.
Pour ne pas vieillir, soyons-nous fidèles,
Tendre et simple amie, ô cœur de mon cœur !

POUR TOUJOURS

Pour toujours! » me dis-tu, le front sur mon épaule.
Cependant nous serons séparés. C'est le sort.
L'un de nous, le premier, sera pris par la mort
Et s'en ira dormir sous l'if ou sous le saule.

Vingt fois, les vieux marins qui flânent sur le môle,
Ont vu, tout pavoisé, ce brick rentrer au port;
Puis, un jour, le navire est parti vers le Nord.
Plus rien. Il s'est perdu dans les glaces du Pôle.

Sous mon toit, quand soufflait la brise du printemps,
Les oiseaux migrateurs sont revenus, vingt ans;
Mais, cet été, le nid n'a plus ses hirondelles.

Tu me jures, maîtresse, un éternel amour;
Mais je songe aux départs qui n'ont pas de retour.
Pourquoi le mot « toujours » sur des lèvres mortelles?

A UNE PIÈCE D'OR

D'UNE somme hier dissipée
Il me reste une pièce encor.
Elle est brillante et bien frappée :
C'est un vieux napoléon d'or.

Pris d'une tristesse soudaine,
Je vois luire, au creux de ma main,
Le front lauré du capitaine
Et son fier visage romain.

Je deviens pensif et je songe,
O fragment des pesants lingots,
Que c'est ton éternel mensonge
Qui fait les hommes inégaux.

Car, si la haine entre eux persiste,
C'est par ton attrait spécieux ;
Car tu rends le riche égoïste,
Car tu rends le pauvre envieux ;

Car le talent d'or et l'obole
Font seuls les petits et les grands.
Sur leur métal, comme un symbole,
Sont gravés les traits des tyrans.

Même le lourd billon de Sparte
S'orne d'un profil belliqueux.
César et le grand Bonaparte
Brillent sur l'or plus puissant qu'eux.

Il est bien le pouvoir suprême.
L'Iscariote, aux Oliviers,
Sûr d'avoir vendu Dieu lui-même,
Fait tinter ses trente deniers!...

Pièce d'or, reine des monnaies,
Que tant de mains voudraient saisir,
Rien pourtant de ce que tu paies
Ne vaut la peine d'un désir.

Tu donnes la volupté brève.
Mais quel trésor, quel million
Paierait la douceur d'un beau rêve,
D'une suave illusion?

Crésus passe l'hiver à Nice,
Court les eaux thermales, l'été.
Mais perd-il son teint de jaunisse?
On n'achète pas la santé.

Ce mets exquis qu'un gourmand touche
En brouet noir se convertit;
Un goût de cendre est dans sa bouche:
On n'achète pas l'appétit.

Juif, cette esclave est la plus belle.
Montre-la-moi, nue en plein jour...
Mais le libertin n'obtient d'elle
Que ta grimace, ô noble amour!

Vois ce lâche au cœur plein de rage,
Ce difforme au front attristé...
Tient-on boutique de courage?
Est-il un marchand de beauté?

Pour tout l'or de Californie
Nul n'acquiert le laurier fatal,
Planant sur l'homme de génie
Qui meurt, obscur, à l'hôpital;

Et les sacs d'écus qu'on entasse
Ne sauraient payer les vingt ans
Du joyeux vagabond qui passe,
Une fleurette entre les dents!

Malgré vos duretés, ô riches,
Je me sens pour vous indulgent,
Quand je songe aux bonheurs postiches
Qu'on vous donne pour votre argent.

On étouffe au théâtre, on crève.
La Patti va donner le sol...
Dans le bois où la lune rêve,
J'écoute un divin rossignol.

Payez très cher la courbature,
La gastrite et ce qui s'ensuit...
Elle est à vil prix, la nature;
Le soleil couchant est gratuit.

6

Pièce d'or aux doigts du poète,
Je sens, quand j'y réfléchis bien,
Que pour moi tu n'étais pas faite.
Ce que j'aime ne coûte rien.

En vain, médaille solitaire,
Tu dardes ton fauve reflet.
Plus mon regard te considère
Et plus ta splendeur me déplait.

O vieux napoléon! je pense
Que rarement tu fus donné
Comme une juste récompense,
Comme un salaire bien gagné.

Je distingue, avec un malaise,
Ton millésime et ton poinçon.
Pièce d'or de mil-huit-cent-treize,
As-tu payé la trahison ?

L'Empereur courait aux défaites.
Pour toi, l'un de ses généraux
A-t-il, Judas en épaulettes,
Vendu la France et son héros ?

Oui, c'est ton début dans le monde ;
Et, depuis lors, certainement,
Tu payas plus d'un acte immonde
Et plus d'un travail infamant.

Aveugle, le pied sur sa roue,
La Fortune t'a dû lancer
A tout hasard, et dans la boue
Les drôles t'allaient ramasser.

Tu fus parfois de sang tachée ;
Tu roulas sur les tapis verts ;
L'avare avec soin t'a cachée,
Dans les plus rigoureux hiyers.

Souvent tu fus mise, discrète,
Par un vieillard aux yeux luisants,
Dans la main de la proxénète
Dévoilant un sein de quinze ans;

Et, dans ta froide indifférence,
Tu payais, sans t'en émouvoir,
Le matin quelque conscience,
Et quelque débauche, le soir.

Mais, malgré ta honte et tes crimes,
Je me l'avoue avec effroi,
Pour ses appétits légitimes
Un poète a besoin de toi!...

Oh! le temps lointain, l'âge antique,
Où l'aède mélodieux,
Pour gagner son repas rustique,
Chantait les héros et les dieux!

O barbarie hospitalière!
Il entrait, jamais étranger,
La lyre au dos, blanc de poussière,
Sous le chaume heureux du berger,

Et s'asseyait dans la famille
Qui contemplait son front rêveur,
Tandis que la plus jeune fille
Lavait les pieds du voyageur!...

Mais quel regret en moi s'allume?
Je méconnais l'esprit nouveau.
Poète, tu vis de ta plume.
L'indépendance, c'est très beau.

Vends-nous ta joie ou ta détresse,
Tes doux rêves, tes pleurs navrants;
Surtout décris-nous ta maîtresse.
Il nous en faut pour nos trois francs.

6.

Jette, pour solder la taverne,
Ton cœur sanglant sur le chemin ;
Et la société moderne
Mettra ce louis dans ta main.

Comprends quelle erreur est la tienne.
Un César, esprit juste et sûr,
L'a fort bien dit : « L'or, d'où qu'il vienne,
Sent toujours bon, est toujours pur. »

Eh bien, non ! Mon dégoût proteste.
En toi, métal si respecté,
Ce que je hais plus que le reste,
C'est ta menteuse pureté.

Sang du meurtre ou vin de l'orgie,
Rien n'a pu jamais te souiller.
Je vois briller ton effigie
Comme au sortir du balancier.

Hélas! en toi, pièce maudite,
Je reconnais avec horreur
Cet air d'innocence hypocrite
D'un siècle qui t'a dans le cœur!...

Mais, tandis que je t'examine
Et te demande ton secret,
Un pauvre, œil creux et triste mine,
Au seuil de ma porte apparaît.

Il me tend la main, je la serre
En y laissant mon humble don...
Tu peux soulager la misère,
Pièce d'or, et c'est ton pardon!

FIN D'ÉTÉ

D'après le tableau de Raphaël Collin.

L'oiseau reste muet, puisqu'il n'a plus de nid
Dans le trou du vieux mur dont s'écroule la brèche.
Nous faisons sous nos pas craquer la feuille sèche.
Comme le soir vient tôt! Comme le bois jaunit!

La nature et nos cœurs ont un frisson subit.
Dès le soleil tombé, monte une brume fraîche.
Octobre est loin encor, mais comme il se dépêche!
Ah! mon amour! l'été s'en va, l'été finit!

Mets ces dernières fleurs, maîtresse, à ton corsage,
Et, devant ce déjà si triste paysage,
Asseyons-nous tous deux sur le bord du chemin.

Je me sens toujours plein de désirs ! Je t'adore !
Mais-les cheveux sont gris que caresse ta main,
Et ce sera bientôt l'automne... Oh ! pas encore !

UNE VISION DE DON JUAN

A Auguste Dorchain.

Don Juan n'est pas mort. Aucun gouffre
N'absorba le grand Curieux.
L'antique enfer n'a plus de soufre.
Don Juan vit. Don Juan s'est fait vieux.

Très longtemps, fidèle à son rôle,
Il a bravé toute pudeur,
Sans que tombât sur son épaule
La lourde main du Commandeur.

Les morts ne dînent pas en ville,
Et l'Homme de pierre, invité
Chez le Séducteur de Séville,
Sur le monument est resté.

Non! La vie est plus médiocre.
Don Juan — on ne sait trop pourquoi —
Dans une sierra couleur d'ocre
Fut exilé, de par le Roi;

Et, depuis lors, lisant Molière,
Fredonnant les airs de Mozart,
En un château vêtu de lierre
Il vit, sombre et triste vieillard.

Ce soir, dans l'ennui qui le berce,
Les pieds sur les chenets brûlants,
Il boit l'hypocras que lui verse
Son Sganarelle en cheveux blancs.

Le Maître au front gris, mais non chauve,
Aux yeux d'archange foudroyé,
Est encor beau sur le cuir fauve
De son fauteuil armorié.

Il évoque ses anciens crimes
Et, rêveur, compte sur ses doigts
Ce qu'il ajouta de victimes
A la liste des Mille et trois.

Il s'embrouille, puis recommence,
Et, très las, par l'âge puni,
Avec un bâillement immense
Il songe que c'est bien fini.

Décidément, Vénus le boude,
Et sa servante, ce matin,
L'a gaîment repoussé du coude
En l'appelant vieux libertin.

Chez lui, la vieillesse est entrée,
Ses os pour le tombeau sont mûrs.
Comme elle est longue, la soirée
Qu'il passe à chauffer ses fémurs!

Soudain, parmi les hautes flammes
Où s'égare son œil distrait,
Surgissent des spectres de femmes,
Et tout le passé reparaît.

A peine vu, chaque visage
Est aussitôt évanoui.
Don Juan reconnaît au passage
Ses maîtresses du temps enfui.

Il revoit — image subite
De chaque amour, rare ou banal —
Celles qui lui disaient : « Viens vite! »
Celles qui soupiraient : « C'est mal! »

Toutes sont là, sortant du bouge
Ou du palais au blanc perron,
Dames avec un pied de rouge,
Manolas au teint de citron.

La prude Elvire, qu'à l'Église
Longtemps il guetta de très loin,
Suit Mathurine, si tôt prise,
Qu'il n'eût qu'à pousser dans le foin.

Pleine de terreur et de joie,
Cette infante au maintien royal
Lui jeta l'échelle de soie
D'un balcon de l'Escurial.

Et, par un beau soir de maraude,
Cette cigarière, à Cadix,
A voilé, pour une nuit chaude,
La madone de son taudis.

Voici l'abbesse en robe noire,
Qui, dès que le méchant eut fui,
Les lèvres sur un Christ d'ivoire,
Est morte en priant Dieu pour lui;

Et voilà, non moins malheureuse
Victime du Trompeur errant,
Cette courtisane amoureuse
Qui le caressait en pleurant.

Ainsi don Juan, dans les fumées,
Voit paraître et fuir tour à tour
Ces femmes qu'il n'a point aimées,
Et pourtant qu'il navra d'amour.

Sur l'égoïste au cœur de roche,
Tous les fantômes, en passant,
Jettent un regard de reproche
Encor tendre et reconnaissant.

Mais, insensible à la prière
De tous ces yeux cléments et doux,
Don Juan, secouant sa crinière,
Dit brusquement : « Que voulez-vous ?

« Prétendriez-vous être plaintes ?
Et qu'est-ce donc que je vous dois,
Lumières par mon souffle éteintes,
Papillons froissés sous mes doigts ?

« Vous devriez bénir mon crime. -
Car, si je vous ai fait souffrir,
O femmes, c'est d'un mal sublime
Qui vaut la peine d'en mourir.

« Vous connûtes, un jour, une heure,
Le paradis qui m'est fermé,
Et votre part fut la meilleure,
Car, du moins, vous avez aimé.

« Moi, le grand artiste en débauche,
Comme un conquérant sans remords
Va parmi les peuples qu'il fauche,
J'ai vécu sans compter mes morts.

« Vers un mirage insaisissable
J'allais au lointain qui se perd;
Et des squelettes dans le sable
Marquent mon chemin au désert.

« Oui, je suis le monstre, l'athée,
L'homme de luxure et de sang;
Mais à moi comme à Prométhée
Un vautour dévore le flanc.

« Mon crime est grand, mon malheur pire.
Rappelez-vous, ô visions,
Combien mes lèvres de vampire
Vous ont versé d'illusions.

« Hélas! lorsque vos bras, ô femmes,
M'enlaçaient pour me retenir,
Morne, je sentais que les âmes
Sont impuissantes à s'unir.

« Malgré vos pleurs, pure rosée,
Qui sur mon cœur coulaient sans bruit,
J'avais l'écœurante nausée
De tous nos baisers de la nuit.

« O dégoût de la chair repue,
Lendemains pleins de désespoirs!
Tout fait horreur! La rose pue,
Et le soleil lui-même est noir!

« Et jusqu'où va donc la démence
De ces machinales amours,
Que, malgré tout, on recommence,
On recommence encor, toujours?

« Respirant une odeur de peste
Dans chaque bouquet frais cueilli,
Misérable autant que funeste,
Tel j'ai vécu, tel j'ai vieilli.

« Vous voyez ma plaie, elle saigne
A mon flanc de supplicié ;
Et vous voulez que je vous plaigne,
Quand j'ai droit à votre pitié.

« Ah ! trêve de reproches, trêve !
Car autrefois vous m'avez dû,
O mes amantes, un tel rêve
Qu'on meurt après l'avoir perdu.

« Moi ! vous plaindre ! Je vous envie.
Vienne la mort. Je suis trop las.
Don Juan fut damné dans la vie,
Et l'Enfer, c'est de n'aimer pas. »

DIMANCHE DE JUIN

Nul ne sait s'amuser que les petites gens,
Dont le repos plus rare a la gaîté plus franche.
Je m'en vais aujourd'hui — c'est l'été, c'est dimanche ! —
Laisser mes prétendus plaisirs intelligents.

Ma mignonne, les nids vibrent de joyeux chants ;
Dans le ciel enivré la lumière s'épanche.
Je veux, par les blés verts, suivre ta robe blanche,
Et cueillir avec toi de gros bouquets des champs.

Car, toi, tu sors du peuple, et jadis, pauvre fille,
Cachant sous tes gants frais des piqûres d'aiguille,
Tu connus la valeur des dimanches d'été.

A toi seule je dois quelques heures fleuries.
En route, et plantons là mes vaines rêveries.
Le bon soleil et toi, voilà la vérité!

ENVOI D'UN ANNEAU

Jadis, lorsque, dans un voyage,
Le Roi de Perse rencontrait
Un cèdre énorme au noir feuillage,
Aïeul de toute une forêt,

Par son orfèvre il faisait mettre
Un cercle d'or autour du tronc,
Pour que le verdoyant ancêtre
Fût épargné du bûcheron.

Dans le cours de la vie humaine,
Moi, j'ai rencontré sous mes pas
Un bien plus rare phénomène :
C'est ton cœur qui ne change pas.

Et, comme le Prince d'Asie
Marquait l'arbre robuste et droit,
J'ai cette tendre fantaisie
De mettre une bague à ton doigt.

A L'EMPEREUR FRÉDÉRIC III

Salut, César! Pour toi les pâles Destinées
Comptent-elles les jours, les mois ou les années?
        Pour un brave la mort n'est rien :
Tu l'affrontas jadis sur les champs de carnage ;
A présent, tu l'attends sans peur, étant un sage.
        Tu te meurs, — et tu le sais bien.

8

Certes, des caps bretons au fond des steppes russes,
Tous les hommes de cœur voudraient que tu vécusses ;
       Et, pleins d'une touchante horreur,
Quand la fièvre te tord sur ton lit de souffrance,
Tous se disent, jusqu'à tes ennemis de France :
       « Qu'il vive, le pauvre Empereur! »

Tous, surtout les Français ; — car leur rancune affreuse
N'étouffe pas en eux la bonté généreuse :
       Ils ne haïssent qu'à moitié.
Ils s'arment, en songeant aux hontes de naguère ;
Mais, parmi leurs fusils, durs épis de la guerre,
       Fleurit ce bleuet, la pitié.

Oui, vainqueur de Sedan, durant ta longue angoisse,
Malgré nos soldats morts et bien que l'herbe croisse
       Sur leurs tombeaux pas très anciens,
En toi nous n'avons vu, pris d'un respect sévère,
Qu'un homme qui souffrait, qu'un époux et qu'un père,
       Au milieu des sanglots des siens.

Mais, soudain, te laissant l'empire et le royaume,
Il s'éteignit, le dur soldat, le vieux Guillaume,
      Le légendaire conquérant.
Agé de près d'un siècle, il te laissait ton heure;
Et l'on vit, rassemblant sa force intérieure,
      Se dresser le prince mourant.

Ce fut tragique alors. Muet, la gorge ouverte,
Fuyant le doux soleil, la côte toujours verte,
      La plage où le flot bleu s'endort,
Le pays où le mal cède ou du moins s'allège,
Tu revins, à travers la tempête de neige,
      Dans ta capitale du Nord.

Tu ne pouvais parler, fils et père de princes,
Car le cancer serrait ta gorge dans ses pinces;
      Mais, de son étreinte vainqueur,
Tu traças le mot « Paix! » d'une plume énergique,
Et tu nous as crié la parole magique
      Par ta blessure et par ton cœur!

Un homme ne ment pas sur le seuil de la tombe,
Et l'aigle agonisant, bien plus que la colombe,
Est noble en offrant l'olivier.
Nous t'avons cru. La paix, c'est l'aube qui se lève.
Et, poète de France, alors j'ai fait ce rêve,
Et je veux te le confier.

Je te rêvais, disant : « Moi qui ne dois pas vivre,
Je veux mettre un feuillet, Histoire, dans ton livre,
Comme tu n'en as point de tel.
Oui, je ne veux donner qu'un ordre, mais qui fonde,
Pour très longtemps, la paix et le bonheur du monde.
Je meurs. Je veux être immortel.

« Car l'Allemagne est folle, et la France insensée.
Leur science, leur or, leur travail, leur pensée,
Tout est pris par l'œuvre de sang.
Demain nous pouvons voir, et dans l'Europe entière,
Pour un coup de fusil tiré sur la frontière,
L'état sauvage renaissant.

« Eh bien! moi, je prétends l'empêcher de renaître.
Je suis encor le Roi, l'Empereur et le Maître;
            Mes ordres sont exécutés.
Déchirons le traité d'où sortent tant d'alarmes,
Restituons Strasbourg et Metz. Puis, bas les armes!
            Bas les armes des deux côtés!

« Allemands, laissons là notre triste conquête.
C'est une plaie au flanc que nous nous sommes faite;
            Elle va bientôt se rouvrir.
A nos altiers voisins offrons la paix sincère.
Car je plains mon pays que dévore un ulcère;
            Mais lui, du moins, peut se guérir.

« L'odeur des grands charniers crispe encor ma narine.
Que le dernier soupir sorti de ma poitrine
            Soit un cri de paix et d'amour,
Et que les pièces Krupp, par mes mains abattues,
Plus tard, n'aient pas assez d'airain pour les statues
            Du Roi qui n'a régné qu'un jour! »

                                        8.

Je t'écoutais, ravi... Mais ce n'était qu'un songe.
Tu n'es qu'un moribond, qu'un mal horrible ronge
  Et qui s'éteint dans les tourments.
Tu n'as pas déchiré le vieux pacte de haine,
Hélas ! et nos amis d'Alsace et de Lorraine
  Restent pour toujours Allemands.

Pour toujours ? Non, peut-être... A bientôt, la bataille !
Bondez les arsenaux ! Qu'on s'arme ! Qu'on travaille !
  Forgez le fer, soufflez le feu !
Çà, gens des deux pays, voyons où nous en sommes.
Quoi ? nous n'alignerions que cinq millions d'hommes !
  Mais c'est trop peu, beaucoup trop peu !

L'obus d'hier n'atteint qu'à douze kilomètres.
A la fonte ! Il nous faut d'autres canons, mes maîtres ;
  Ceux-ci sont trop lourds et trop vieux.
Combien a ce fusil de balles dans sa crosse ?
Vingt seulement ? Cherchons une arme plus atroce.
  On peut tuer plus vite et mieux.

Car, la prochaine fois, il faut qu'on s'extermine.
C'est fatal. Réduisons le peuple à la famine,
      Dépensons le dernier écu.
L'un des deux combattants, la France ou leur Empire,
Doit y rester. Tant pis si le vainqueur expire
      Sur le cadavre du vaincu !

Dieu ! tant de barbarie est-elle donc possible ?
Roi philosophe, on dit ton cœur juste et sensible ;
      La sagesse est dans tes discours.
As-tu vraiment ravi leur suprême espérance
A tous ces pauvres gens fidèles à la France ?
      Mourant, as-tu dit : « Pour toujours ? »

Je te parle aujourd'hui comme ferait un prêtre.
Le Juge devant qui tu vas bientôt paraître
      Se plaît-il aux jeux meurtriers ?
Songe à son imposant et terrible silence,
Quand tes fautes, pécheur, n'auront dans la balance,
      Pour contrepoids, que tes lauriers.

Ah! comme tu viendrais, calme, devant sa face,
Si là-bas en Lorraine et là-bas en Alsace,
  Regards au ciel et cœurs fervents,
Celles par qui serait ta mémoire bénie,
Les mères, avaient joint, pendant ton agonie,
  Les mains de leurs petits enfants!

31 mars 1888.

SUR LA TOUR EIFFEL

(DEUXIÈME PLATEAU)

J'AI visité la Tour énorme,
Le mât de fer aux durs agrès.
Inachevé, confus, difforme,
Le monstre est hideux, vu de près.

Géante, sans beauté ni style,
C'est bien l'idole de métal,
Symbole de force inutile
Et triomphe du fait brutal.

J'ai touché l'absurde prodige,
Constaté le miracle vain.
J'ai gravi, domptant le vertige,
La vis des escaliers sans fin.

Saisissant la rampe à poignée,
Etourdi, soûlé de grand air,
J'ai grimpé, tel qu'une araignée,
Dans l'immense toile de fer ;

Et, comme enfin l'oiseau se juche,
J'ai fait sonner sous mes talons
Les hauts planchers où l'on trébuche
En heurtant du pied les boulons.

Là, j'ai pu voir, couvrant des lieues,
Paris, ses tours, son dôme d'or,
Le cirque des collines bleues,
Et du lointain... encor, encor !

Mais, au fond du gouffre, la Ville
Ne m'émut ni ne me charma.
C'est le plan-relief immobile,
C'est le morne panorama,

Transformant palais de l'histoire,
Riches quartiers, faubourgs sans pain,
En jouets de la Forêt Noire
Sortis de leur boîte en sapin.

Oui, le grand Paris qui fourmille
Est mesquin, vu de ce hauban.
L'Obélisque n'est qu'une aiguille
Et la Seine n'est qu'un ruban;

Et l'on est triste au fond de l'âme
De voir, écrasés, tout en bas,
L'Arc de Triomphe et Notre-Dame,
La gloire et la prière, hélas!

Du vaste monde, en cet abîme,
Je n'aperçois qu'un petit coin.
Pourquoi monter de cime en cime?
Le ciel est toujours aussi loin.

Enfants des orgueilleuses Gaules,
Pourquoi recommencer Babel?
Le Mont Blanc hausse les épaules
En songeant à la Tour Eiffel.

Qu'ils aillent consulter, nos-maîtres,
L'artiste le plus ignorant.
Un monument de trois cents mètres,
C'est énorme. — Ce n'est pas grand.

O Moyen-Age! ô Renaissance!
O bons artisans du passé!
Jours de géniale innocence,
D'art pur et désintéressé;

Où, brûlant d'une foi naïve,
Pendant vingt ans, avec amour,
L'imagier sculptait une ogive
Éclairée à peine en plein jour;

Où, s'inspirant des grands modèles
Et pour mieux orner son donjon,
Le Roi logeait les hirondelles
Dans un marbre de Jean Goujon!

O vieux siècles d'art, quelle honte!
A cent peuples civilisés
Nous montrerons ce jet de fonte
Et des badauds hypnotisés.

Pourtant, aux lugubres défaites
Notre génie a survécu;
Un laurier cache sur nos têtes
La ride amère du vaincu.

9

Pour que l'Europe qui nous raille
Fût battue à ce noble jeu,
Tout le prix de cette ferraille,
Des millions, c'était bien peu.

Un chef-d'œuvre vaut davantage;
Et quand même, et non moins content,
L'ouvrier, sur l'échafaudage,
Eût gagné sa vie en chantant.

Non! Plus de luttes idéales,
De tournois en l'honneur du beau!
Faisons des gares et des halles :
C'est l'avenir, c'est l'art nouveau.

Longue comme un discours prolixe
De ministre ou de député,
Que la Tour, gargote à prix fixe,
Vende à tous l'hospitalité!

Car voici la grande pensée,
Le vrai but, le profond dessous :
Cette pyramide insensée,
On y montera pour cent sous.

Le flâneur, quand il considère
Les cent étages à gravir
Du démesuré belvédère,
Demande : « A quoi peut-il servir?

« Tamerlan est-il à nos portes?
Est-ce de là-haut qu'on surprend
Les manœuvres de ses cohortes? »
— Pas du tout. C'est un restaurant.

A ces hauteurs vertigineuses,
Le savant voit-il mieux les chocs
Des mondes et des nébuleuses?
— Non pas. On y prendra des bocks.

La fin du siècle est peu sévère,
Le pourboire fleurit partout.
La Tour Eiffel n'est qu'une affaire;
— Et c'est le suprême dégoût.

Édifice de décadence,
Sur qui, tout à l'heure, on lira :
« Ici l'on boit. Ici l'on danse. »
— Qui sait ? Sur l'air du *Ça ira ?* —

Œuvre monstrueuse et manquée,
Laid colosse couleur de nuit,
Tour de fer, rêve de Yankee,
Ton obsession me poursuit.

Pensif sur ta charpente altière,
J'ai cru, dans mes pressentiments,
Entendre, à l'est, vers la frontière,
Rouler les canons allemands.

Car, le jour où la France en armes
Jouera le fatal coup de dés,
Nous regretterons avec larmes
Le fer et l'or dilapidés,

Et maudirons l'effort d'Hercule,
Fait à si grand'peine, à tel prix,
Pour planter ce mât ridicule
Sur le navire de Paris.

« Adieu-vat, » vaisseau symbolique,
Par la sombre houle battu !
Le ciel est noir, la mer tragique.
Vers quels écueils nous mènes-tu ?

22 juillet 1888.

9.

FLEURS IMPURES

A André Lemoyne.

Quel beau temps! Il faisait bon vivre...
Dans la rue, où j'allais rêvant,
Deux vieux croque-morts, d'un pas ivre,
Trimbalaient un cercueil d'enfant.

Aucun cortège en deuil. Personne.
On l'emportait comme un paquet...
Sur le drap blanc, pas de couronne,
Pas un pauvre petit bouquet.

C'était navrant. Ma rêverie
Devinait un drame brutal...
Quelque fille-mère, meurtrie,
Pleurant dans un lit d'hôpital,

Sans songer que la mort évite
Un destin à coup sûr mauvais
Au bâtard qu'on va cacher vite
Dans la glaise, au Champ-des-Navets.

Soudain, une brune fillette,
Joyeuse au bras de son amant,
Frôla, de sa fraîche toilette,
Le misérable enterrement.

Riant fort comme font les filles,
Lèvres trop rouges, cils trop noirs,
Elle avait en main ces jonquilles
Qu'on vend, en mars, près des trottoirs.

Or, dès qu'elle vit l'humble bière,
Ses yeux se mouillèrent de pleurs,
Et, charitable à sa manière,
Elle y voulut poser ses fleurs.

Mais un instinct involontaire
Retint le geste commencé;
Elle jeta la gerbe à terre...
Et le cercueil avait passé.

O fille qui vis dans la honte,
J'aurais voulu qu'on remarquât
Et que la foule te tînt compte
De ton scrupule délicat.

Car tu gardais sous tes souillures
Un coin de cœur chaste et décent.
Tes fleurs t'ont semblé trop impures
Pour le cercueil d'un innocent.

Avec une pensée amère,
Tu repris le bouquet offert,
Songeant, sans doute, que la mère
De l'indigne hommage eût souffert!

Plus que bien des vertus suspectes,
J'aime ton simple et triste effort,
O créature qui respectes
L'enfance jusque dans la mort;

Et l'être à qui, par pudeur d'âme,
Ta main n'osa pas faire un don,
Est un ange au Ciel, pauvre femme,
Et demande à Dieu ton pardon.

MÈRE-NOURRICE

En province. Dans un affreux café-concert.

Ayant manqué le train, voulant être à couvert,
— Il pleuvait, — j'entrai là pour tuer ma soirée.
La salle, dans le goût moresque décorée,
— Alhambra de bois peint, généralife en toc, —
Prétendait évoquer on ne sait quel Maroc.
Là, dans d'étroits fauteuils, vrais sièges de torture,
Tous les mauvais sujets de la sous-préfecture,

Hobereaux désœuvrés, sous-offs du régiment,
Clercs d'avoués, commis de l'enregistrement,
Buvaient et tapageaient. Rien n'est lugubre comme
La débauche mesquine et le vice économe.
Sur les tréteaux, pourtant, c'était encore pis.
Oh! la stupidité de ces couplets glapis!
Oh! ces maigres cabots rapés! — C'était trop triste.
J'allais fuir, quand parut une nouvelle « artiste »;
Et le murmure heureux qui d'abord s'éleva
M'apprit que je voyais l'étoile, la diva,
Par tous ces bas viveurs, à coup sûr, convoitée :
Une assez belle fille, oui, mais très effrontée
Montrant toute sa gorge et l'offrant au public.
Quand elle eut salué, ce fut un cri : « Très chic!
Bravo! Très chic! Encore! » Et la femelle experte,
Par le geste indécent de sa poitrine offerte,
Fit hennir de nouveau le parterre exultant.

Ce spectacle, à la fin, devenait révoltant.
Un bon lit m'attendait à l'*Hôtel du Commerce*,
Et je sortis. Mais, l'eau tombant toujours à verse,

Je dus m'asseoir encor dans le café désert,
Qu'il fallait traverser pour aller au concert;
Et là, tout en buvant une bière exécrable,
Je vis une fillette à l'aspect misérable,
Qui tenait sur ses bras un enfant nouveau-né.
A cette heure! en ce lieu! J'étais fort étonné,
Car, si tard, les bébés sont couchés, d'ordinaire.
L'enfant pleurait, voulant sa nourrice ou sa mère,
Et la petite bonne à fichu campagnard
La berçait doucement, à côté du billard.
Soudain, par un couloir s'ouvrant dans la tenture,
Reparut devant moi la triste créature
Qui tout à l'heure offrait impudemment sa peau.
Fanée, presque en haillons, sans fard, sans oripeau,
Elle prouvait combien la rampe est décevante.
Elle entra vivement, sourit à la servante,
Lui retira des mains le petit avec soin,
Puis, allant s'installer dans le plus sombre coin
Et du côté du mur détournant le visage,
D'une hâtive main elle ouvrit son corsage
Et présenta le sein à l'enfant, qui se tut.

10

Même dans l'infamie et la honte, salut,
Acte auguste et touchant de la mère-nourrice!
J'ai manqué d'indulgence envers toi, pauvre actrice!
Tu faisais ton métier tout à l'heure. Il fallait
Gagner ton pain pour que ton enfant eût du lait.
Tu le prends où tu peux, ce pain. La gorge obscène
Qu'aux regards libertins tu montrais sur la scène
Est bonne au nourrisson qui tète avec ardeur,
Et la maternité t'a rendu la pudeur.
Courtisane en public, mère à la dérobée,
Je t'excuse et te plains, pauvre fille tombée,
Quand je te vois remplir un devoir solennel;
Et je salue en toi cet instinct maternel
Qui fait que toute femme est sacrée, et qui donne
A la prostituée un geste de Madone.

LE GALION

A Paul Arène

A travers la mer tropicale,
Sous un soleil à rendre fou,
Avec des lingots plein sa cale,
Le navire vient du Pérou.

Le blason d'Espagne et d'Autriche
Palpite sur son pavillon.
Vent arrière, pompeux et riche,
Il revient, le lourd galion.

La rançon de vingt rois voyage,
Dans son flanc de l'onde émergeant,
Et l'écume de son sillage
Est comme une sueur d'argent.

Sa marche est imposante et fière ;
Gonflé d'or, il est tout doré,
Des fanaux du château d'arrière
Jusqu'au Neptune du beaupré ;

Et la caronade qui bâille
Au sabord sculpté d'ornements
Semble être chargée à mitraille
De saphirs et de diamants.

Mais, à bord du vaisseau féerique
Naviguant sous des cieux sereins,
L'immonde virus d'Amérique
Infecte le sang des marins.

La hideuse floraison pousse,
Sans que rien y puisse obvier,
Sur le frais visage du mousse
Et sur le front brun du gabier.

Tous ont les honteuses macules
Du poison qui fait son travail ;
Les mains sont noires de pustules
Du pilote à son gouvernail ;

Et, défiguré par un chancre,
.Songeant qu'il faudra bien, un jour,
Rentrer au port et jeter l'ancre,
L'amiral a peur du retour.

Horreur ! grâce au vent qui l'entraîne,
Le sinistre vaisseau-trésor
Ramène une double gangrène,
La lèpre et le besoin de l'or ;

10.

Et pour qu'elle s'y développe
De nation en nation,
Ces maudits portent à l'Europe
L'incurable contagion.

Pavillon flottant, tête basse,
Ils vont, mornes, dans la splendeur...
— Vois ce riche insolent qui passe,
Il a la peste dans le cœur !

A LOUIS PASTEUR*

O toi dont la science et le constant effort
Ont si souvent vaincu la douleur et la mort,
O cerveau puissant et fertile,
De l'univers qui souffre obstiné bienfaiteur,
Pardonne si ma voix interrompt, ô Pasteur,
Un instant ton travail utile !

* L'auteur avait reçu la lettre que voici :

Aumale, 22 janvier.

« Les ouvriers de la verrerie d'Aumale, dont les noms suivent, se proposent de faire une petite fête et de donner une soirée au profit de l'œuvre de M. Pasteur,

« Et leur grand désir serait qu'une pièce de vers soit dite au commencement de cette soirée, mais que cette pièce émane de vous.

« Ce sera pour vous une œuvre de charité, ce sera l'obole du grand poète aux pauvres travailleurs, et cent cinquante ouvriers vous remercieront.

« Agréez notre demande et croyez à notre admiration. »

(Suivent les signatures.)

Le genre humain te paye un tribut mérité.
Pris dans un grand courant de générosité
    Que tout le monde a voulu suivre,
Pour assurer ton œuvre et fonder ton trésor,
Le riche est accouru, les deux mains pleines d'or,
    Le pauvre avec ses sous de cuivre.

Les savants — tu souris de quelques envieux —
T'ont placé dans la gloire, et, voyant dans tes yeux
    Briller l'étincelle divine,
Ils t'ont salué tous comme un maître, et les rois,
Honorant ce jour-là leurs ordres et leurs croix,
    Les ont placés sur ta poitrine.

Je t'apporte une offrande à mon tour. Presque rien,
Elle va te remplir pourtant, je le sais bien,
    D'une gratitude infinie.
Avant de t'envoyer quelques louis offerts,
De pauvres artisans m'ont demandé des vers
    Pour mieux honorer ton génie.

Cent cinquante ouvriers, hélas! vivant de peu,
Des verriers, serviteurs de ce vieil art du feu
   Qu'exerçaient les nobles naguère,
Ont eu, nobles de cœur, un généreux souci,
Et se sont cotisés pour t'offrir, eux aussi,
   L'humble cadeau de la misère.

Pour eux ce fut un jour de joie. On se fit beau;
L'atelier plein de fleurs et paré d'un drapeau
   Vit une fête plébéienne.
Sûrs d'avoir fait du bien, on s'est mieux amusé;
Les vieux ont bu leur coup, les jeunes ont dansé.
   Et des chansons! Chacun la sienne!

Applaudissant ton nom sans cesse répété,
Savant, ils ont levé leur verre à ta santé,
   Pleins d'admiration profonde.
Puis un petit enfant ou quelque vieux souffleur,
Assiette en main, disant : « Pour l'Institut Pasteur »,
   A fait la collecte à la ronde.

Enfin — c'est un désir délicat et touchant —
Ces braves ouvriers ont voulu que l'argent
      Produit de leur modeste quête,
L'argent qui, j'en suis sûr, va te porter bonheur,
Oui, cet argent sacré de travail et d'honneur,
      Te fût offert par un poète.

Ils m'ont choisi. Pourquoi? — Je suis bien trop heureux,
Si mon livre parfois lu par quelqu'un d'entre eux
      Les attendrit et les console! —
Mais j'ai senti mes yeux tout à coup se mouiller,
Et j'ai bien vite écrit ces vers sur ce papier
      Pour envelopper leur obole.

Oh! ces vers! Je voudrais qu'ils fussent bien meilleurs.
Mais enfin, ils les ont, ces pauvres travailleurs;
      A présent leur joie est complète.
Ils ont le compliment rimé qui leur manquait
Et peuvent te l'offrir, Pasteur, comme un bouquet
      Au patron, le jour de sa fête.

    31 janvier 1887.

L'HOMME-AFFICHE

Le père Éloi, l'ancien compagnon charpentier,
— Autrefois un fameux homme dans son métier, —
N'avait que soixante ans sonnés, pas davantage,
Mais, pour un ouvrier, déjà c'est un grand âge.
Étant connu sur tous les chantiers cependant,
Il vécut assez bien jusqu'à son accident.
Mais, l'automne dernier, — il se sentait patraque
Depuis huit jours, — voilà qu'il tombe d'une attaque,
Lui si sobre, n'ayant jamais fait le lundi !
Il sortit de « Necker », un bras tout engourdi,
Boitant, à moitié mort enfin du côté gauche.

Plus d'espoir de trouver un patron qui l'embauche.
Comment faire pour vivre?... Un invalide, quoi !...
Si bien qu'après des jours mauvais, le père Éloi,
Pour payer son « garno », sa chopine et sa miche,
Fut encor trop heureux de se faire homme-affiche.

Vous le connaissez bien; vous ne voyez que lui.

Deux fois j'ai reconnu sur ma route aujourd'hui,
D'abord devant Peter's, puis à l'Arc de l'Étoile,
Le vieux sandwich portant ses deux châssis de toile,
Sur lesquels était peint, souriant et debout,
Un joli chapelier, grand comme rien du tout,
Qui tendait au public, d'une mine fringante,
Un gibus colossal marqué huit francs cinquante.
Mais ne plaisantons pas... Car il fait peine à voir,
Ce Juif-Errant boiteux, encombrant le trottoir
Du grotesque fardeau dont il faut qu'on s'écarte;
Car il montre, au-dessus de sa double pancarte,
Le type vénérable et traditionnel
Adopté des rapins pour le Père Éternel;

Car celui dont on fait une bête de somme,
Malgré sa tête blanche et ses yeux de brave homme,
Est vieux, infirme, pauvre, et triplement sacré!...
Aussi, n'ai-je jamais, pour ma part, rencontré
Sans tristesse cet être humain, ayant une âme,
Et qui porte à son cou quelque sotte réclame,
Quelque absurde tableau peint de rouge et de bleu,
Sur lequel se répand sa barbe de Bon-Dieu.

Le vieux m'intéressant, j'ai fait sa connaissance.

L'autre été, le hasard me mit en sa présence,
Un soir que je flânais vers le soleil tombant.
Mon homme était assis, triste et seul, sur un banc
Du sinistre et lépreux boulevard de Grenelle,
Et se reposait là de sa marche éternelle,
Sans doute, avant d'aller dormir dans son taudis.
Aux mots compatissants que d'abord je lui dis,
Un regard offensé brilla dans son œil jaune
Et sa main repoussa d'avance mon aumône.
Mais je sus adoucir cet orgueil en haillons.

11

« Un petit gloria, ça s'accepte, voyons?...
Ce cabaret avec jardin, c'est notre affaire. »

Il consentit, et, dès le second petit verre,
L'Homme-Affiche était plein de confiance en moi.
Il est intelligent, le brave père Éloi.
C'est un Parisien, c'est un vieux philosophe,
Dont le sens et l'honneur sont de solide étoffe ;
Et, sous l'acacia poudreux du cabaret,
Voici, mes bonnes gens, comment il discourait.

« On peut le dire — allez ! monsieur, — sans hardiesse :
Le prolétaire n'a pas droit à la vieillesse.
Pour moi, certe, il aurait mieux valu, mais beaucoup,
Tomber d'une charpente et me rompre le cou.
Mais j'ai la guigne !... Et puis, je n'étais jamais ivre...
Se tuer? Non. Les vieux veulent bêtement vivre ;
Et, pour gagner son pain, que n'accepterait-on ?
Moi, par mes écriteaux caché jusqu'au menton,
Annonçant un « amer » ou des tours d'acrobate,

Sur les trottoirs sans fin je vais, tirant la patte,
Par tous les temps, toujours debout, toujours dehors !
Les jambes, chaque soir, me rentrent dans le corps ;
La rosse à Collignon n'est pas plus éreintée.
Mais c'est trois francs par jour, la niche et la pâtée...
Et l'on vit, espérant qu'on crèvera demain,
Fier pourtant de n'avoir jamais tendu la main,
Mais ayant peur d'aller finir, bientôt peut-être,
En veste de gâteux, dans les cours de Bicêtre.
Oui, cent fois oui ! mourir d'accident vaudrait mieux :
Pour le pauvre ouvrier, défense d'être vieux.

« Je geins ; — et vous pensez peut-être, au bout du compte,
Que je fais ma journée et que je vis sans honte,
Et qu'il en est beaucoup dont le sort est plus dur.
Donc, vous allez hausser les épaules, bien sûr.
Quand vous saurez, monsieur qui me payez la goutte,
Pourquoi, par-dessus tout, mon métier me dégoûte.
Mais tant pis !... Vous avez voulu causer... Causons.

« Eh bien, quand je chemine, en toutes les saisons,

Par la ville, encagé dans mes placards, je songe
Que, les trois quarts du temps, je colporte un mensonge,
Que je fais réussir quelque sale trafic,
Que je sers, en un mot, à tromper le public...
Riez si vous voulez... Mais, vraiment, c'est trop bête
D'emprisonner un vieux bonhomme au cœur honnête,
N'ayant qu'un tort, celui d'avoir eu des malheurs,
Entre deux monstrueux boniments de voleurs.
Ah! la publicité, la réclame, l'affiche!
Mon cher monsieur, mais c'est avec ça qu'on se fiche
De nous! C'est avec ça qu'on perd le populo!...
Tenez! le mois dernier, j'avais sur mon tableau
L'annonce d'un journal, qui, sept fois par semaine,
Vend à tous pour un sou de colère et de haine,
Et qui, dans les faubourgs, déverse, chaque soir,
Un peu de basse envie et d'impossible espoir.
Vous voyez ce que c'est : une feuille équivoque,
Qui flatte à tour de bras le peuple, et qui s'en moque.
C'est fait par des gaillards qui nous font voir le tour;
Des farceurs, aujourd'hui contre un tel, demain pour,
Singeant les purs, mais qui, parfois, dans la coulisse,

Touchent aux fonds secrets et sont de la police...
Hélas! Je sais le mal qu'ils font, ces papiers-là.
Du temps de la Commune, — oui, vingt ans de cela!... —
J'avais un fils, très bon enfant, mais tête folle,
Qui s'exaltait à lire un journal au pétrole;
Il garda son flingot, devint sergent-major...
Ils me l'ont fusillé!... Mais le beau mirliflor,
Qui l'excitait avec sa prose diabolique,
Est presque un gros bonnet sous notre République.
Ah! misère de moi! Quand, sur le Boulevard,
J'exhibe à tous les yeux le titre d'un « canard »
Qui veut — ou fait semblant — que la bataille éclate,
Je songe avec horreur que l'affiche écarlate
Dont j'aide le succès, quand même, à ma façon,
Est barbouillée avec le sang de mon garçon!...

« L'affiche?... Parlons-en... Le vol en permanence!...
En ai-je assez lancé, des blagues de finance!
En ai-je assez tendu, des pièges à gogos!
Je les connais par cœur, ces attrape-nigauds.
Huit pour cent!... Un gros lot tous les mois!... Rien n'y manque.

11.

Toujours des millions déposés à la Banque,
Et les grands mots ronflants... Caisse... Crédit... Comptoir...
Voilà trois mois pas plus, je faisais le trottoir
Pour cette volerie en grand, la *Compagnie*
Du Transcontinental de la Patagonie...
Les gens à tirelire — allons! ils sont trop fous! —
Ont perdu là-dedans leurs pauvres quatre sous;
Et, hier, j'ai vu celui qui tira la carotte
Passer dans sa calèche avec une cocotte...
Non, vrai! Pour promener ainsi dans les quartiers
Les prospectus menteurs de ces banqueroutiers,
Pour suivre le trajet Bastille-Madeleine
Avec les noms de ces rinceurs de bas de laine
Imprimés sur son dos et sur son estomac,
Il faut avoir besoin de gagner son tabac!

« J'ai droit de les haïr; je suis parmi leurs dupes.

« Oui! cela me ramène au bon temps, quand les jupes
De ma pauvre Clémence égayaient le logis.
Nous nous étions, ma femme et moi, presque enrichis,

Figurez-vous. J'étais un cheval à l'ouvrage,
Et la patronne avait tant d'ordre et de courage!...
Notre fils étant mort, — je vous ai dit comment,
Hélas! — il nous restait ma fille seulement,
Qui déjà travaillait aussi, chez la fleuriste.
Parbleu! je n'étais pas un gros capitaliste;
Mais cinq bons mille francs en papiers de l'État,
Pour nous autres, c'est un très joli résultat :
C'est le morceau de pain, c'est la dot de la fille.
Nous faisions des projets, sous la lampe, en famille.
Je savais un terrain, pas trop cher, aux Lilas,
Bon pour bâtir... Enfin, on rêvait, n'est-ce pas?...
Nous comptions bien, d'ailleurs, augmenter le pécule;
Et les titres étaient cachés sous la pendule.
C'était l'espoir, c'était l'avenir sans chagrins...
Mais la *Société des Trésors sous-marins*
—Vous vous souvenez bien?... Encore un pouf immense!...—
Lança sa circulaire, et la mère Clémence
Fut tentée... Ah! malheur! En six mois, nettoyés,
Les cinq mille!... Ma femme en mourut... Vous voyez
Comme ils sont gais pour moi, les jours où, dans ma course,

Je fais de la réclame aux escrocs de la Bourse!...

« Pourtant, il est des fois où, misérable vieux,
Je trouve le métier encor plus odieux.
C'est lorsque, sur mon corps, on met en évidence
Cette affiche où l'on voit une femme qui danse,
Jambe en l'air, l'œil grivois, avec ces mots écrits :
Tous les soirs, grande fête ax Jardin de Paris.
Je vous livre, monsieur, la honte de ma vie.
La gamine qui me restait, mon Octavie,
Je la pleure, à présent, bien plus que mon ainé.
Il est mort, c'est affreux!... Mais elle a mal tourné!
J'étais veuf. Pour savoir conduire une jeunesse,
Il n'est encor que la maman qui s'y connaisse.
A l'atelier, — c'est plein de catins, dans les fleurs, —
La petite en voyait de toutes les couleurs.
Avec ça, très jolie... On me l'a débauchée!...
Hier, je l'ai vue, allant au Bois, empanachée
D'un chapeau qui faisait retourner les passants.
Oh! cela fait trop mal!... Et, voyez-vous, je sens
Un dégoût à vomir mon cœur d'une nausée,

Quand j'ai, sur mes placards, l'Éden ou l'Élysée...
Ma fille est là peut-être, et, tonnerre de Dieu,
C'est moi qui crie à tous le nom du mauvais lieu !

« J'en ai trop dit et j'ai parlé comme à confesse...
Bien obligé, monsieur, de votre politesse,
Et grand merci surtout de m'avoir écouté !
Tout irait beaucoup mieux dans la société,
Si le pauvre causait souvent avec le riche.
Pas d'aumône !... Serrez la main de l'Homme-Affiche
Avec qui vous avez pris un verre aujourd'hui,
Et, dans vos souvenirs, avez pitié de lui. »

Il s'éloigna. La nuit montait, claire et sans voiles ;
Le ciel s'était peuplé de toutes ses étoiles ;
Et sous l'acacia je restais accoudé.
Alors, plus que jamais, j'eus le cœur inondé
De sympathie envers les humbles qu'on exploite...
Qu'en dites-vous, rhéteurs, —à gauche comme à droite, —
Vous qui n'avez jamais rien pu pour leur bonheur ?
Ce vieux dont on a pris l'or, le sang et l'honneur,

Vient vous montrer, sur son écriteau de réclame,
Son fils mort, son argent volé, sa fille infâme,
Et vous demande, avec bien des civilités,
Messieurs les Sénateurs, messieurs les Députés,
Si c'est là le fameux progrès des temps modernes.

... Et, pour m'attrister plus, là-bas, vers les casernes,
Sonnant l'extinction des feux, un clairon pur,
Vers le mystérieux, vers l'impassible azur,
Vers la sérénité des étoiles brillantes,
Mélancoliquement traînait ses notes lentes.

PÉRIODE ÉLECTORALE

On va voter. Paisible assembleur d'hémistiches,
Je reste froid. Mais j'ai l'horreur de ces affiches
Aux tons crus et de leurs grotesques boniments.
Malgré moi, je les lis sur tous les monuments;
Je compare, écœuré de patois inutile,
La colle du papier et la glaire du style;
J'y prends même, à la longue, un intérêt réel,
— C'est absurde, — et veux voir devant cet arc-en-ciel

D'imprimés dont soudain Paris se bariole,
Lequel de ces sauteurs fait mieux sa cabriole.
Dans mon quartier, voyons! qui sera député?
Cet avocat véreux? Ce médecin raté?
Quand j'y songe, le choix me paraît difficile.
L'un est une canaille, et l'autre un imbécile.
Mais il faut t'obéir, suffrage universel!
Je dois un bulletin à cette boîte à sel
Que le Français, épris du tragique cothurne
Et du style-pompier, appelle encore une urne.
C'est plus aveugle et plus bête que le hasard;
Mon suffrage est l'égal de celui d'un pochard;
Il vaudrait mieux jouer la chose à pile ou face.
Mais enfin c'est ainsi. Que faut-il que je fasse?
Qui nommer? L'avocat, format grand-colombier,
Se placarde en vert-pomme et rouge caroubier,
Et le docteur salit des murailles entières
D'un nom jadis célèbre au fond des pissotières.
Pour qui voter? Tous les journaux, si je m'abstiens,
Vont me ranger parmi les mauvais citoyens.
Lequel des candidats choisirai-je, dimanche?

En attendant, tous deux me tirent par la manche.
Je me sens raccroché, du matin jusqu'au soir,
Par leur prose publique et qui fait le trottoir,
— Oh! quel dégoût! — et, sur chaque affiche pareille
A la fille de nuit qui vous parle à l'oreille
Et cherche à vous troubler d'un érotique émoi,
Je lis : « Bel électeur, veux-tu monter chez moi? »

A BRIZEUX

STROPHES DITES PAR L'AUTEUR

A L'INAUGURATION DE LA STATUE DE BRIZEUX, A LORIENT,

LE 9 SEPTEMBRE 1888.

Pour chanter la Bretagne et sa belle légende,
L'écume de la mer et la fleur de la lande,
    Entre tous la Muse t'élut.
Mais, loin des vieux dolmens, loin des flots pleins d'épaves,
Nous aussi, nous aimons tes poëmes suaves.
    Brizeux, barde d'Arvor, salut !

Moi, le Parisien, le troublé, le sceptique,
Je suis, devant les fleurs de ton bouquet rustique,
      Grisé du parfum pénétrant.
Tes vers ne sont qu'amour, religion, nature;
Ton cœur resta naïf, ta pensée était pure;
      Et je t'envie en t'admirant.

Chrétien, tu n'as jamais oublié tes prières,
Et tu passas sans voir, dans nos cités de pierres,
      Toutes les fanges du pavé.
Tendre et fidèle esprit, tu chantais comme on prie,
Et répétais les noms d'Arvor et de Marie
      Comme le *Pater* et l'*Ave*.

Oh! comme il a senti profondément tes charmes,
Pays mouillé, touchant comme un visage en larmes!
      Qu'il vous aimait, landes, rochers,
Arbres que l'Océan courbe sous ses haleines,
Et vous surtout, Bretons, cœurs forts comme vos chênes
      Et pieux comme vos clochers!

Vous l'honorez, c'est bien. Mais, devant cette image,
Le pays tout entier s'associe à l'hommage
        Et veut s'incliner aujourd'hui.
Ce simple et doux Brizeux, c'est notre Théocrite;
Son œuvre en notre cher langage fut écrite.
        Tous les Français sont fiers de lui.

Et nul ne fait entre eux la moindre différence,
N'est-ce pas, ô poëte? Et si, pour notre France,
        Revenaient des jours périlleux,
Nous partagerions tous sa gloire ou sa misère,
Et Jean Chouan donnerait les grains de son rosaire
        Pour charger les fusils des Bleus.

Quand Paris assiégé poussait de sombres râles,
Ils étaient avec nous, les Bretons aux yeux pâles,
        Aux longs cheveux couleur d'épi;
Et ces braves enfants — on s'en souvient encore —
Portaient, en défendant le drapeau tricolore,
        Les hermines sur leurs képis.

12.

Donc, Bretons et Français, honorons le poète,
Et, de plus, gardons tous de cette noble fête
            Un salutaire enseignement.
Il fut errant, malade et misérable presque,
Celui que vous voyez dans ce lieu pittoresque
            Se dresser sur ce monument.

Mais qu'importe la vie et son dur esclavage,
Barde, si le laurier mêlé d'ajonc sauvage
            Orna ton cercueil de sapin,
Et si, trente ans plus tard, jugeant ton œuvre bonne,
La Postérité vient qui fait justice et donne
            Du marbre à qui manqua de pain?

Quand de tant d'orgueilleux la gloire est abattue,
Tu triomphes, poète, et voici ta statue ;
            Ton nom plane sur les sommets.
Le curé d'Arzannô le disait bien au prône :
Celui qui jette bas les puissants de leur trône
            Prend l'humble et l'exalte à jamais.

LA CHARITÉ DU SOLDAT

Au Colonel Petitgrand

I

Sous le ciel d'hiver, bas et terne,
Les gueux, les errants du trottoir,
A la porte de la caserne,
Attendent la soupe du soir.

Frissonnants sous la blouse bleue
Ou sous le drap beaucoup trop mûr,
Comme au théâtre ils font la queue,
Deux par deux, serrés près du mur.

La faim creuse le flanc vorace
Des loqueteux que groupe ici
L'espoir d'un peu d'eau tiède et grasse
Et d'un morceau de pain moisi.

Vivant du rebut des cantines,
Ils tiennent, l'air discipliné,
Celui-ci sa boîte à sardines,
Celui-là son bol écorné.

Certains habitués ont même
Un tronçon rouillé de cuiller.
C'est ici la pire bohème
De la grande ville en hiver.

Silencieux, l'œil sombre et triste,
Et navrants d'immobilité,
Ils sont là, le récidiviste
Et l'homme de lettres raté.

L'un revoit peut-être des crimes
Parmi ses rêves engourdis,
Et l'autre cherche en vain les rimes
D'un de ses sonnets de jadis.

Ce gosse a l'air d'un très vieux singe ;
Ce grand vieillard fait mal à voir,
Qui sur son maigre corps sans linge
Boutonne un tragique habit noir.

Quelques femmes, sans âge, laides,
Dont l'une, hélas ! porte un marmot,
Sont dans le rang, mornes et raides...
Et personne ne dit un mot !

Mais soudain la foule s'agite,
Les yeux sont pleins d'éclairs jaillis,
Car voici, portant la marmite,
Deux soldats vêtus de treillis.

La bande en haillons, maintenue
Dans l'ordre et dans le règlement
Par un caporal en tenue,
Se met en marche lentement.

Avec une hâte gloutonne,
Chaque gueux reçoit en tremblant
La soupe chaude qu'on lui donne
Dans une louche de fer-blanc;

Et, comme une bête affamée,
Il va, tout de suite, à trois pas,
Debout, le nez dans la fumée,
Manger son lugubre repas.

II

Eh bien, ce spectacle m'agrée.
Plein d'un respectueux émoi,
J'admire l'aumône sacrée
D'un pauvre à plus pauvre que soi.

Ceux qui demain, si c'est la guerre,
Mourront pour la France à vingt ans,
Sauvent l'existence précaire
De ces vagabonds grelottants.

C'est peu, la ration d'un homme.
Ces soldats n'ont pas trop pour eux.
Pourtant leur misère économe
Partage avec les malheureux.

La pure doctrine chrétienne
Au fond de ces bons cœurs survit.
N'importe qui demande et vienne,
C'est un pauvre. Cela suffit.

Tu vois, dure philosophie,
Les hommes s'entre-dévorant
Dans l'affreux combat pour la vie.
Regarde ici. C'est rassurant.

Pour le faible et pour l'inutile
Que ta loi frappe avec rigueur,
Une trace de l'Évangile
Reste chez ces simples de cœur.

Nous, nous dansons par bienfaisance,
Nous souscrivons dans le journal;
Un riche, avec magnificence,
Fonde vingt lits à l'hôpital.

Ces aumônes-là sont les nôtres...
Respect humain ou vanité.
Mais s'aime-t-on les uns les autres?
Fait-on vraiment la charité?

Ici, du moins, j'en ai la preuve.
Ces braves enfants, c'est certain,
Donnent le denier de la Veuve,
Sont pareils au Samaritain.

Et, quand le pauvre emplit sa tasse
A la gamelle de l'État,
Jésus invisible qui passe
Bénit la soupe du soldat.

PALEUR.

Je l'apercevais, chaque soir,
La blonde et chétive apprentie,
Dont un vieux beau, sur le trottoir,
Guettait ardemment la sortie.
Seize ans, l'air déjà vicieux
Et cherchant le regard du mâle ;
Mais des cheveux, des dents, des yeux !...
Et pâle, si joliment pâle !

Triomphante, entre trois amants,
Dans sa loge, un soir de « première »,
Je la revis, ses diamants
M'éclaboussant de leur lumière.
Malgré ses traits un peu plus lourds
Et ses grands yeux cernés de hâle,
La superbe fille !... Et toujours
Pâle, magnifiquement pâle !

Sur le marbre d'un hôpital
Hier enfin je l'ai reconnue.
Le cadavre, au grand jour brutal,
Montrait sa maigreur froide et nue.
Le visage gardait encor
La grimace du dernier râle,
Hideuse sous les cheveux d'or...
Fi, l'horreur ! Comme elle était pâle !

LES LARMES

J'aurai cinquante ans tout à l'heure;
Je m'y résigne, Dieu merci !
Mais j'ai ce très grave souci :
Plus je vieillis, et moins je pleure.

Je souffre pourtant aujourd'hui
Comme jadis, et je m'honore
De sentir vivement encore
Toutes les misères d'autrui.

Oh! la bonne source attendrie
Qui me montait du cœur aux yeux!
Suis-je à ce point devenu vieux
Qu'elle soit près d'être tarie?

Pour mes amis dans la douleur,
Pour moi-même, quoi? plus de larme
Qui tempère, console et charme,
Un instant, ma peine ou la leur!

Hier encor, par ce froid si rude,
Devant ce pauvre presque nu,
J'ai donné, mais sans être ému,
J'ai donné, mais par habitude;

Et ce triste veuf, l'autre soir,
— Sans que de mes yeux soit sortie
Une larme de sympathie, —
M'a confié son désespoir.

Est-ce donc vrai? Le cœur se lasse;
Comme le corps va se courbant
En moi seul toujours m'absorbant,
J'irais, vieillard à tête basse?

Non! C'est mourir plus qu'à moitié!
Je prétends, cruelle nature,
Résistant à ta loi si dure,
Garder intacte ma pitié...

Oh! les cheveux blancs et les rides!
Je les accepte, j'y consens;
Mais, au moins, jusqu'en mes vieux ans,
Que mes yeux ne soient point arides!

Car l'homme n'est laid ni pervers
Qu'au regard sec de l'égoïsme,
Et l'eau d'une larme est un prisme
Qui transfigure l'univers.

PESSIMISME

Je refuse l'aumône : un pauvre meurt de faim.
Je la donne : un coquin se saoule et bat sa femme.
Et le plus scrupuleux, qu'il se loue ou se blâme,
De sa moindre action ne peut prévoir la fin.

Que faire ou ne pas faire? Hélas! nul n'en sait rien.
Tel grand dessein, jailli du meilleur de notre âme,
Se corrompt et produit un résultat infâme.
Souvent le bien est mal, parfois le mal est bien.

Oh! la vie! O mystère! Insoluble problème!
Au caprice du sort, souffre, lutte, pense, aime,
Agite-toi... Dieu seul, s'il existe, comprend.

L'homme, c'est l'imprimeur, à son travail maussade,
Qui, la pensée ailleurs et l'œil indifférent,
Compose l'Évangile ou le marquis de Sade.

PRÉFACE D'UN LIVRE PATRIOTIQUE

Quoi ? Toujours l'éternel regret !
Toujours l'Alsace et la Lorraine.
Mais la perte est déjà lointaine ;
Un peuple pratique oublierait.

N'avez-vous pas l'instinct secret
Que ce serait la paix certaine,
Si nous abjurions notre haine,
Et qu'enfin l'on désarmerait ?

Quand un arbre perd une branche,
En meurt-il? Nos cris de revanche
Gênent l'Europe et lui font peur.

Ce chant de guerre qu'on entonne,
C'est importun, c'est monotone...
— Soit! Seulement, c'est notre honneur.

SÉRÉNADE AU MILIEU D'UNE FÊTE

Que s'éteignent les gaités,
   Que cesse le rire !
— C'est la musique. Écoutez ! —
   Comme dit Shakespeare.

Sous le ciel nocturne, allons,
   Pour la mieux entendre.
Pianissimo, violons !
   Jouez un air tendre.

Un voyage au pays bleu,
        Je vous en supplie!
Un peu de mystère! Un peu
        De mélancolie!

Au bras de votre servant,
        Femmes, sous vos voiles,
Comparez, en les levant,
        Vos yeux aux étoiles.

Écoutez, cœurs ingénus,
        La chanson touchante
Que, pour les astres émus,
        Le rossignol chante.

Respirons l'odeur du foin,
        Le parfum des roses.
Salut, fleurs du ciel de juin
        Largement écloses!

Que vers votre pur éclat
Notre esprit s'élève !
Nul plaisir n'est délicat
Sans un peu de rêve.

L'AUMONE DE NOEL

La messe nocturne est dite.
Que d'étoiles dans le ciel !
Comme il gèle ! Rentrons vite.
La rude nuit de Noël !

Chacun du froid se protège
En fermant porte et rideaux.
Sous leurs capuchons de neige
Les maisons font le gros dos.

14.

On se couche avec angoisse
Dans les lits mal bassinés.
Les vitraux de la paroisse
Ne sont plus illuminés.

Tout dort. Qu'il est solitaire,
Le hameau silencieux!
Les astres, avec mystère,
Ont l'air de cligner des yeux.

Mais, chut! L'ange va descendre
Des profondeurs du ciel noir.
Tous les enfants, dans la cendre,
Ont mis leurs souliers, ce soir.

Comme les autres années,
Il vient, lumineux et doux,
Jeter par les cheminées
Cadeaux, bonbons et joujoux.

Mais, ayant fait son message,
Tout à coup il aperçoit,
Là-bas, au bout du village,
Sous la neige, un humble toit.

Ce lieu désert, c'est l'unique
Où l'ange n'ait point plané...
Et plus rien dans sa tunique!
Le prodigue a tout donné.

Précisément, une aïeule,
Fileuse aux maigres profits,
Élève ici, pauvre et seule,
Son arrière-petit-fils.

Leur indigence est extrême :
Rien dans l'armoire en noyer;
Et l'enfant a mis quand même
Ses sabots dans le foyer.

Les anges — quelle disgrâce ! —
N'ont jamais d'argent sur eux.
Faut-il que celui-ci passe
Sans aider les malheureux ?

Se peut-il que Dieu le veuille ?
Non. Le séraphin charmant
Reprend son essor et cueille
Une étoile au firmament.

En la touchant, il la change
En un large écu d'or fin,
Qu'il va porter, le bon ange,
Au foyer de l'orphelin.

Au Paradis, sa patrie,
Il rentre et se sent confus
Devant la Vierge Marie
Qui porte l'Enfant Jésus.

Mais l'Enfant, qui le rassure,
Levant son joli bras rond,
Prend l'étoile la plus pure
Que sa mère ait sur le front,

Et, la donnant avec grâce,
Dans un doux geste enfantin :
« Va, dit-il, la mettre en place
Avant le petit matin. »

... Or, par les minuits sans voile,
Depuis, le monde savant
S'étonne que cette étoile
Brille plus qu'auparavant.

LE CENTENAIRE DE LAMARTINE

STROPHES LUES AUX FÊTES DE MACON,

LE 19 OCTOBRE 1890.

Des millions de fois les cieux sont centenaires:
Nous sommes, fils d'Adam, pareils aux éphémères
Dont les chauds tourbillons vibrent, l'été, dans l'air;
Et cent ans pleins de faits dans l'histoire du monde
Ne durent, devant Dieu, qu'un souffle, une seconde,
    Le rapide instant d'un éclair.

Pourtant, l'être chétif qui naît, s'agite et passe,
Ce rien dans la durée et ce rien dans l'espace,
Jeté comme une plume à l'onde des torrents,
Peut resplendir, s'il est marqué par le génie,
Dans l'avenir lointain, d'une gloire infinie;
    Et l'homme et le siècle sont grands.

Au lever radieux de l'âge dont nous sommes,
Ce fut l'explosion des esprits et des hommes,
— Quelle aurore emplissant de clartés tout l'azur! —
Et, dans le groupe élu qu'un signe prédestine,
Ton front sous le laurier se dresse, ô Lamartine,
    L'un des plus hauts et le plus pur.

Après tant d'échafauds, après tant de batailles,
Quand la France saignait encor par mille entailles,
Tout à coup une voix suave s'entendait.
Sur la lyre oubliée et si longtemps muette,
Tu préludais... Enfin! C'était un vrai poète!
    C'était une âme qui chantait!

De l'art? Non. Plus et mieux. C'étaient le don suprême
Et l'inspiration prise à sa source même;
Le vers pur, chaste, noble, harmonieux toujours,
Et toujours — qu'il chantât l'élégie ou le psaume —
Sublime sans effort, comme la fleur embaume,
   Comme le fleuve suit son cours!

Tu disais ta prière; et toutes les pensées
Se croyaient par un chant du Paradis bercées.
L'Infini, c'était Dieu; la nature, l'autel.
Tu pleurais tes amours; et tous les cœurs de femmes
Palpitaient en suivant la cadence des rames
   Qui frappent ton « Lac » immortel.

Toujours, toujours plus haut, comme un aigle s'élève,
Tu planais. L'homme est grand, as-tu dit, par le rêve.
Peut-être, dieu tombé, du ciel se souvient-il!
Toi du moins, tu gardas ta céleste origine,
O charmeur, et ta voix d'ange, ta voix divine,
   Nous console dans notre exil.

Jeune et prodigue, alors, ah ! que ta vie est belle !
Dans les pays dorés dont la clarté t'appelle,
Tes chefs-d'œuvre sont faits aussitôt que conçus.
Puis, par les mers d'azur, roi de la Poésie,
Tu pars et vas baiser, sur la terre d'Asie,
      La trace des pas de Jésus.

Mais la France a besoin de toi pour son service.
Plein de l'amour du peuple et prêt au sacrifice,
Te voici, grand tribun, sur les rostres monté.
La houle des partis en bas s'agite et gronde ;
Le Poète ne sert que deux causes au monde :
      La Justice et la Liberté.

Un trône est renversé ; nous courons à l'abime...
Pauvre homme de génie, ô cœur simple et sublime,
Je songe à tes vieux jours par tant d'ombre envahis,
A notre oubli coupable, à ta fin triste et noire !...
Ah ! proclamons, devant ton auguste mémoire,
      Qu'alors tu sauvas ton pays.

Le lendemain : « Assez de rêveurs! Trop de lyre! »
Disait-on. Ils sont prêts, sans doute, à le redire,
Ceux dont la politique est la profession.
Point de lyre aujourd'hui ! L'absence est trop certaine.
Nuls rêveurs! Mais où sont la voix de Démosthène
      Et les vertus de Phocion?

Tu les eus, Lamartine, en cette heure d'alarmes;
A l'Europe irritée, et la main sur ses armes,
Comme un gage de paix tu montras l'idéal :
La République probe, indulgente, sereine;
La Concorde entre tous, la fraternité reine,
      L'âge d'amour, la fin du mal.

Oh! quel réveil affreux, quand la guerre civile
Sous l'étendard sanglant vint à l'Hôtel de Ville!
Mais que tu fus alors noble, intrépide et beau!
Par ton verbe de feu l'émeute apostrophée
Recula. Que pouvaient les monstres, quand Orphée
      Avait la garde du drapeau?

Hélas! Autour du juste on fait bientôt le vide.
Les coquilles sont là, prêtes pour Aristide.
C'est le morne abandon, c'est le funèbre soir!
Salut! grand citoyen, calme sous les injures,
Qui t'en vas dignement, sans plaintes, les mains pures,
      Et qui sors pauvre du pouvoir!

Dirai-je tes vingt ans de vieillesse attristée,
Tes chagrins, ta maison de famille quittée,
Pour un peu d'or, avec des larmes de douleur?...
Qu'on fut ingrat!... Mais non, point de parole amère!
Tu n'en as dit aucune, et tu savais qu'Homère
      Serait moins grand sans le malheur.

Ne songeons qu'au triomphe! Enfin! Justice est faite.
Le jour où tu naquis met ta patrie en fête.
Elle honore ton nom, l'acclame et le bénit.
Ton œuvre nous voit tous inclinés devant elle,
Poète, et te voici dans la gloire immortelle
      Que chaque siècle rajeunit.

TABLE

TABLE

TABLE 177

Achevé d'imprimer

le six novembre mil huit cent quatre-vingt-dix

PAR

ALPHONSE LEMERRE

(Th. Bret, *conducteur*)

25, RUE DES GRANDS-AUGUSTINS, 25

A PARIS

ŒUVRES COMPLÈTES
DE
FRANÇOIS COPPÉE

Édition in-18 jésus, papier vélin.

Paris. — Imp. A. Lemerre, 25, rue des Grands-Augustins.

www.ingramcontent.com/pod-product-compliance
Lightning Source LLC
Chambersburg PA
CBHW070848030726
47504CB00005B/1266